Dominanter Virtuell

Herrschaft und erotische Unterwerfung

Erika Sanders

Dominanter Virtuell

Erika Sanders
Serie
Herrschaft und erotische Unterwerfung

Zusammenfassung

Samantha ist eine großartige Computerprogrammiererin, deren Ziel es ist, ein VR-Programm (Virtual Reality) zu entwerfen, mit dem die Subjekte, die es verwenden, unterdrückt und dominiert werden können.

Durch Hacking-Programme versucht er, junge Menschen ohne Familie zu finden, die unterwürfig und bisexuell dazu neigen, seine Erfindung zu testen.

Aus diesem Grund findet er drei Gefährten (Paul, Diana und Virginia), denen er jeweils ein Zimmer in seinem Haus vermietet.

Dominanter Virtuell ist ein Roman mit stark erotischem BDSM-Gehalt und wiederum ein neuer Roman aus der Erotic Domination-Sammlung, einer Reihe von Romanen mit hohem romantischen und erotischen BDSM-Gehalt.

(Alle Charaktere sind 18 Jahre oder älter)

Anmerkung zum Autorin:

Erika Sanders ist eine bekannte internationale Schriftstellerin, die in mehr als zwanzig Sprachen übersetzt wurde und ihre erotischsten Schriften, fernab ihrer üblichen Prosa, mit ihrem Mädchennamen signiert.

Index:

DOMINANTER VIRTUELL
ERIKA SANDERS

8

ERSTER TEIL

KAPITEL 1

In einem der oberen Räume des abgelegenen, ruhigen Vorstadthaushauses sah sich Samantha in ihrem Schlafzimmerspiegel an.

Sie trug einen kurzen Rock, lange Socken, ein weißes Trägershirt und einen hellgrünen BH, der unter dem Oberteil gut sichtbar war und ihre geschmeidige, dunkelbraune Haut perfekt ausbalancierte.

Ihr glänzendes schwarzes Haar war lose in Strähnen und sie ließ es frei schwingen.

Perfekt.

Er öffnete die Schlafzimmertür und lauschte auf der anderen Seite des Hauses.

Die einzigen Geräusche kamen aus dem Wohnzimmer, wo ihr schüchterner und schöner Mitbewohner Paul ein Spiel spielen hörte.

Samantha sprang die Treppe hinunter und setzte sich neben ihn auf das bequeme Sofa.

Ihr erstes Ziel steht Ihnen hier zur Verfügung.

Sein Herz setzte einen Schlag aus.

Seine geheimen Kameras hatten den Jungen bereits nackt und masturbierend aufgenommen, selbst in einer kleinen Knechtschaft, in der er es gerne tat.

Sie wollte diesen Körper.

Ich brauchte es sogar.

Er brauchte es, um ihr zu gehören.

Vor allem aber brauchte sie seinen Verstand.

***

Sie hatte gewartet, bis die beiden anderen Mitbewohner am Wochenende unterwegs waren, um ihre Falle zu stellen.

Paul wäre der erste echte Testfall für seine ganz besondere Virtual-Reality-Brille.

Außer sich selbst natürlich.

Samantha war ein Genie.

Sie hatte darauf geachtet, diese Tatsache von klein auf zu verbergen, und der vorzeitige Tod ihrer Eltern vor zwei Jahren, als sie achtzehn war, hatte sie ohne Führung zurückgelassen, aber im Besitz eines großen Erbes und eines schönen Hauses in einem Vorort von Manchester.

Sie hatte die Ressourcen, die sie brauchte, um die Welt zu ihrer zu machen; es fehlten lediglich einige Testpersonen.

Er hatte sorgfältig Mitbewohner ohne Familie, wenige Freunde und starke unterwürfige Tendenzen rekrutiert und sie mit niedrigen Mieten für Zimmer in seinem schönen Zuhause gelockt.

Sein erstes Jahr an der Universität hatte es ihm ermöglicht, seine experimentelle Technologie zu perfektionieren.

Jetzt, weit in ihrem zweiten Jahr, war sie weit hinter dem Kurs, aber das Studium der Informatik und Psychologie ermöglichte es ihr, virtuelle Realität, Tipps, Hypnose und alle anderen Komponenten, die sie brauchte, unter dem Deckmantel eines legitimen Studiums zu analysieren.

Sie fragte sich, ob andere wie sie dieselben Links hergestellt, dieselben Ansätze ausprobiert hatten und wie sie sie finden konnte.

Aber zuerst musste er testen, ob die Technologie tatsächlich funktionieren würde.

* * *

"Ich bin gelangweilt von diesem Spiel, Paul. Möchtest du etwas anderes ausprobieren?"

"Lass mich dieses Level beenden."

"Aber Paul! Mir ist ziemlich langweilig. Bitteooooo?"

"Mich..."

"Bitteooooorr?"

Sie hoffte, dass dies das letzte Mal war, dass sie ihm das sagen musste, und sie bewegte etwas, damit er etwas tiefer in ihrer Spaltung sehen konnte.

Es hat die ganze Zeit funktioniert.

"Y ... Ja, gut. Was willst du spielen?"

"Ich bin bereit, dich mein Spiel ausprobieren zu lassen, oder?"

"Was wirklich? Ich dachte du hast das aufgegeben"

"Ich brauchte nur Zeit, um die Beta-Version korrekt zu machen. Du kennst mich, ich bin ein typischer Perfektionist."

"Das könnte man dir vorwerfen, ja."

"Geh nicht über Bord. Lass uns nach oben gehen, die Brille ist da."

* * *

Samantha ließ Paul auf der Kante ihres gut gebauten Eichenbettes mitten in ihrem spartanischen Zimmer sitzen, während sie ihre Brille abnahm.

Sie war froh, dass er so leicht aufgab.

Es passte zu seinem Profil, sich wohl zu fühlen, dominiert von selbstbewussten Frauen wie ihr.

Nicht zum ersten Mal warf sie einen Blick darauf und bewunderte seinen Körper, den Körperbau eines leicht getönten Schwimmers mit schönen Armen und einem schlanken Hals.

Kurze Haare könnten ihn ein bisschen wachsen lassen und groß, aber nicht zu groß.

Passt gut zu Ihrem ersten Sklaven.

* * *

Er startete den leistungsstarken Desktop-Computer, den er für das Design und die Programmierung von Spielen verwendete, und gab Paul die Virtual-Reality-Brille zum Aufsetzen.

Dann einige Motion Controller für ihn zu halten - sie waren von seinem eigenen Design.

Er schien bereit und willens zu sein und sie spürte, wie Schweiß von ihrer Stirn tropfte.

Das war es wirklich.

Es gibt kein Zurück.

"Folgen Sie zunächst dem Puzzle-Meister, das bin ich, und tun Sie, was sie sagt. Ich werde von hier aus überwachen. Lassen Sie mich wissen, was Sie denken, wenn Sie gehen."

Paul nickte lächelnd und enthusiastisch und Samantha lud das Programm.

Er wollte wirklich nichts weiter, als in diesem Moment alles aus der Steckdose zu ziehen, Paul festzuhalten, ihn an sein Bett zu fesseln, sich auszuziehen und sein Gesicht zu reiten, bis er erschöpft war.

Sogar er könnte es verderben, wenn sie ihn nur fragte, aber das war nicht der Punkt.

Sie ließ das mentale Bild vergehen.

Dafür ist genug Zeit, wenn dies funktioniert.

* * *

Samantha hat sich nie gefragt, ob dies das Richtige ist.

Sie hatte die Brille an sich selbst getestet und sie programmiert, um die Ansicht zu stärken, dass sie ein überlegenes Wesen war und dass andere ihr folgen sollten.

Das hatte sie von ihren verbleibenden Zweifeln befreit.

Jetzt war er frei, Sklaven zu regieren.

Aber würde Paulus das tun?

* * *

Das Programm begann und Samantha beobachtete, wie Paul bereitwillig den Anweisungen des Puzzle-Lehrers folgte.

Er war allein, ganz in Pink, dort im Bett und tat, was die virtuelle, die sie ihm sagte, zu tun.

Samantha spürte Hitze in ihrer Leiste.

Ihr Avatar führte den Jungen durch einfache Aufgaben: Passende Puzzleblöcke, grundlegende mathematische Gleichungen und unterrichtete ihn weiter, fügte mehr Bewegungen und Komplexität hinzu und lobte jedes Rätsel, das er löste.

Er war ein guter Mathematiker, das war sein Titel, und es zeigte sich, dass sie, nachdem sie ihn versklavt hatte, vorhatte, ihn auf einen anderen Weg zu bringen.

"Manchmal gibt es grafische Störungen", sagte Paul, "sollte ich aufhören?"

"Nein! Ich meine, ich sehe es, es würde mir wirklich helfen, wenn du weitermachen würdest. Bitte?"

"Sicher! Die Show ist großartig. Ich dachte nur, du möchtest es vielleicht reparieren."

"Ich brauche mehr Daten, mach so lange wie möglich weiter."

Paul nickte nur.

Die Misserfolge waren Teil von Samanthas Programm, das darauf abzielte, sich mit den Belohnungs- und Motivationszentren des Subjekts herumzuschlagen und sie für neue Beiträge zu öffnen.

Alle neuen Einträge waren für Samanthas Zwecke bestimmt, und ein anderes Problem löste einen Dopamin-Treffer aus.

Er versuchte im Wesentlichen, den süchtigen Jungen dazu zu bringen, seinen Befehlen zu folgen, aber die Implikationen waren viel tiefer.

Allein dachte er, dass das, was die Brille tat, für seine Ziele während einer langsamen Belichtung von etwa einem Jahr ausreichen könnte, solange es jeden Tag wiederholt wurde.

Er hatte nicht so viel Zeit, da er jetzt einen Sklaven wollte.

Tatsächlich war sie eine Göttin.

Sie hatte jetzt einen Sklaven verdient.

Sie sagte Paul, er solle weitermachen und gab ihm eine Flasche eines süßen Energiegetränks, um ihn am Laufen zu halten.

Er hatte nur eine halbe Stunde gespielt, aber er schluckte es in ein paar Schlucken, sehr zu Samanthas Freude.

Er hatte die volle Dosis eingenommen, ohne es zu wissen.

Der Zucker verschleierte den Geschmack, aber das Wasser wurde mit einem Cocktail aus Drogen gemischt, einige, um Pauls Geist zu öffnen, andere, um sie bei Bedarf zu zähmen.

Sein letzter Ausweg war eine große Dosis Rohypnol - für den Fall, dass er sie alles vergessen lassen musste.

Sie würde ihm sagen, dass sie zusammen geschlafen hatten und er wieder ohnmächtig geworden war.

Der kleine Junge würde alles glauben, was sie ihm sagte.

* * *

Paul war ein paar Minuten später still und Samantha errötete vor Aufregung.

Sie verstärkte das Programm in der zweiten der drei Phasen und schloss die Vorhänge, damit keine neugierigen Augen sehen konnten, was als nächstes passieren würde.

Samanthas neuer Avatar war wie eines ihrer königlichen Outfits in enges Leder gekleidet.

Sexy aber nicht ganz ungewöhnlich.

Die Show brachte Paul dazu, sich auf das Bett zu legen und Rätsel zu lösen, die mit der weiblichen Form zusammenhängen.

Samantha beobachtete, wie er es freiwillig tat, und die technischen Probleme wurden mit jedem neuen Problem stärker, was den Jungen dazu zwang, sich tiefer zu unterwerfen.

Samantha tippte den Befehl ein, um zu Level drei zu springen, fing sich aber gerade noch rechtzeitig.

Sie musste warten.

Der Geist des Subjekts musste vollständig offen sein, bevor Level drei begann, sonst würden die Befehle, die sein Leben verändern würden, tiefgreifende psychologische Abwehrkräfte treffen.

Doch Paul war still und unter Drogen, lag mit aufgesetzter Brille auf dem Bett.

Er konnte nichts sehen, was Samantha im wirklichen Leben tat, und er konnte auf keinen Fall aus dem Bett aufstehen, also konnte er tun, was er wollte.

Sie zog ihr Höschen unter ihrem Rock aus und begann frei zu masturbieren.

* * *

Paul brauchte noch eine Stunde, um Level zwei abzuschließen.

Samantha kam schweigend mit vorsichtigen Atemzügen, als er dort auf dem Bett lag und zunehmend anfällig für ihre Kontrolle war.

Er überprüfte sein Telefon mehrmals und suchte nach Warnungen von den Trackern, die er auf den Geräten seiner anderen Mitbewohner installiert hatte, um zu warnen, dass sie kommen würden.

Die beiden waren noch hundert oder mehr Meilen voneinander entfernt und besuchten Schulfreunde, von denen sie sich allmählich trennten.

Sie hatten keine königliche Familie mehr, niemanden, der sie wirklich vermissen oder den Unterschied in ihrem Verhalten bemerken würde, wenn sie sie ebenfalls versklavte.

Sie sehnte sich nach dem Tag, an dem sie nur ihre Gesellschaft brauchen würden, aber sie wandte ihre Aufmerksamkeit Paul zu.

KAPITEL 2

Er drückte den Knopf für Level 3 und griff nach einem illegal importierten Elektroschocker und der Rohypnol-Spritze, falls er schlecht auf das neue Level reagierte.

Er zuckte und gurgelte, als sein Programm das letzte Stück seiner geistigen Ausdauer entfernte.

Dann erstarrte sie im Bett, als ihr Software-Avatar, der jetzt völlig nackt und völlig genau zu ihr war, ihr sagte, sie solle keinen Muskel bewegen, nicht blinzeln oder blinzeln, außer atmen.

***

Level 3 führte Paul in seine neue Rolle im Leben ein.

Es wurde entwickelt, um Rätsel zu lösen, die zu 3D-Bildern von sich selbst verschmolzen wurden, als er Samantha diente, ihren Befehlen folgte und sich ihr in allen Dingen unterwarf.

Das Programm verursachte jedes Mal, wenn er eines der Rätsel löste, einen großen Dopamin-Hit und begann, ein auditorisches Element einzuführen.

Dieses Element sagte ihr, dass sie ihr Treue schwören musste, schwören musste, ihre Sklaverei ein absolutes Geheimnis zu halten, es sei denn, sie gab ihm ausdrücklich die Erlaubnis, dies zu sagen, schwören, ihr zu dienen, schwören, ihre eigenen Ziele zugunsten derer aufzugeben, die sie ihm gab.

Samantha war erfreut, den nervösen und hilflosen Mann zu sehen, als die Stunden länger wurden und die Brille ihre Arbeit erledigte.

Sein Körper zuckte bei jedem neuen unterwürfigen Stoß, den sie ihm gaben, bis er schauderte und bereit für das endgültige Implantat war.

Samantha ging zu ihm und sprach in sein Ohr.

"Solange du mir treu und gut dienst, wird dein Herz glücklich und dein Verstand vollständig sein. Du bist jetzt mein Eigentum. Ich bin der Besitzer deines Körpers, deines Geistes, deiner Seele und was auch immer du sonst hast. Ich bin der Besitzer von allem, was du bist und alles. Was du sein wirst. Entspann dich in meinem Dienst. Entspann dich in meinem Eigentum. Entspann dich in deiner wahren Natur als mein Sklave. Entspann dich, entspann dich, entspann dich. Gib mir die Kontrolle. Entspann dich. Du bist jetzt mein Sklave. Dein einziger Lebenszweck ist es, mir zu dienen. ".

"Jetzt bin ich dein Sklave", sagte Paul.

Samantha lächelte und ihr Herz war voller Siege.

Kraft war durch sie gepulst, eine elektrische Ladung, die ihren Körper nervös machte und kribbelte.

"Paul, nimm deine Brille ab und steh auf dem Boden auf, auf den ich zeige."

"Ja, Göttin", antwortete er.

Und Samantha war begeistert zu hören, wie er den richtigen Titel verwendete.

"Zieh dich aus", sagte er.

Paulus zitterte dabei, was Angst vor seiner Versklavung oder ein Zeichen des Widerstands gewesen sein könnte.

Samantha hatte den Elektroschocker in der Hand, falls etwas schief gehen sollte, und sie zitterte vor Adrenalin, als der Junge sich völlig nackt auszog.

Er sah nackt noch besser aus - schlank und fit, mit einem schönen Schwanz und mittelgroßen Bällen, die in jedem Outfit oder einfach nur auf dem Display großartig aussehen würden.

Sie würde ihn vorerst seine Körperbehaarung behalten lassen müssen, zumindest bis er die anderen Mitbewohner versklavte ...

"Stellen Sie Position eins aus", sagte er.

Paul stand mit gespreizten Füßen und Händen hinter dem Rücken und sah seine neue Göttin zuversichtlich an, zitterte aber immer noch.

Sie schnurrte über seinen Gehorsam.

Seine Fähigkeit, die Position zu besetzen, war ein gutes Zeichen: Er hatte detaillierte Anweisungen aus dem Programm aufgenommen.

Samantha trat ein Stück näher, dann ein Stück näher und suchte nach Anzeichen von Gewalt oder Ungehorsam.

Wirklich, der Sklavenjunge war immer noch so hoch, dass er kaum widerstehen konnte.

Und es zitterte immer noch ein wenig.

Samantha schnüffelte, schnüffelte.

Die Programmierung hatte ihn dort draußen auf dem Bett ins Schwitzen gebracht.

"Stellen Sie Position vier aus", sagte er.

Er ließ sich zu Boden fallen und ging von ihr weg, dann hob er seinen Hintern in die Luft und präsentierte ihn ihr zitternd.

Sie brauchte ihn jetzt nicht, also befahl sie ihm, so ins Badezimmer zu kriechen und alleine zu baden.

Die Art und Weise, wie sein Schwanz und seine Eier hüpften, ließ sie saliv werden und sie fragte sich, ob sie ihn das ganze Wochenende kriechen lassen sollte.

Wahrscheinlich nicht, er sollte es nicht zu weit treiben, solange sein Verstand noch widerstehen konnte.

* * *

In der warmen Luft des großen, sauberen Badezimmers mit den weißen Fliesen sah sie zu, wie der Sklave badete und den schrecklichen Schweißgeruch wegwusch.

Und als er ihn für seine gute Arbeit lobte, schien ihm das Lächeln echt und aufrichtig zu sein, ein wahrer Sklave, der die Zustimmung seiner Göttin anerkennt.

Samantha war immer feuchter geworden, als sie ihr Grundstück überblickte, und jetzt konnte sie nicht länger warten.

"Sklave, von hinten in mein Zimmer, im Bett."

"Ja, Göttin."

Er kroch dort weiter, ohne es zu erfahren.

Samanthas rationaler Verstand wies darauf hin, dass dies ein gutes Zeichen war, ein Zeichen dafür, dass sie immer eine natürliche Unterwürfige gewesen war und dass daher alles von dort kam.

Sobald sie ihn im Bett hatte, kettete sie seine Arme und Beine an den stabilen Eichenbettrahmen, zog dann ihren Rock aus, behielt aber den Rest ihres Outfits bei.

Sie dachte, er sah enttäuscht aus, aber das war egal.

Die Meinung eines Sklaven wurde nicht berücksichtigt.

Samantha sprang auf das Bett und setzte sich mit gespreizten Beinen auf ihr neues Spielzeug.

Sie hatte Angst, er könnte sie beißen, also stieg sie aus dem Bett und zog einen Ringknebel von einem Beistelltisch in einer Schublade, die sie immer geschlossen hielt.

Sie band den Knebel an ihr Gesicht und leckte ihn.

Er war jetzt wirklich hilflos, aber es würde nicht schaden, seine Autorität zu stärken.

"Sklave Paul, ich kann mit dir machen, was ich will. Ich werde auf deinem Gesicht sitzen und du wirst mich kommen lassen und rennen und rennen. Jeder Widerstand und ich werde in deiner Bindung peitschen und foltern. Wenn du versuchst mich zu beißen, werde ich Bilder von dir posten, die gefesselt sind. und hilflos im Internet, und ich werde sicherstellen, dass jeder, den Sie treffen, sie sehen kann. Wenn Sie jedoch begeistert gehorchen, gebe ich Ihnen eine Belohnung. Ich weiß, dass Sie sich danach gesehnt haben. "

Mit Pauls ausgestrecktem Hals, um zu versuchen, ihre Muschi zu erreichen, trat Samantha wieder auf ihn und pflanzte ihren saftigen runden Hintern auf sein Gesicht.

Seine Zunge traf den Schlitz weit und sie sprach mit ihm darüber, was sie wollte.

Als sie ein Top-Down-Amidmuster bekam, konnte sie sich mehr entspannen.

Mit dem Ringknebel gab es fast keine Chance, dass er beißen konnte, aber Ungehorsam schien ihm am weitesten entfernt zu sein.

Seine Zunge streichelte ihre Klitoris, ihre Vagina und ihren Anus gleichermaßen.

Samantha wurde aufgeregt und ließ sich vom Vergnügen überwältigen.

* * *

Sie war besorgt gewesen, sehr besorgt, dass dies schief gehen würde, Pauls Leben ruinieren würde, sein Leben, erwischt zu werden, dass seine Erfindung nicht wie geplant funktionierte.

Sie war wirklich immer erfolgreich im Testen gewesen.

Das Gerät an sich selbst zu testen, um den letzten ihrer nicht dominanten Gedanken zu entfernen, war ein großer Erfolg gewesen, und jetzt, hier war sie, ritt sie auf dem Gesicht ihres eigenen menschlichen Besitzes.

Er leckte, als er befohlen wurde, ohne Abweichungen, ohne Überraschungen.

Ohne freien Willen.

Seine einzige Angst war jetzt, dass sie ihn zu fassungslos gemacht haben könnte.

* * *

Samantha schnappte nach Luft.

Sie war eine Göttin und hier war ihre treue Sklavin.

Ihre Säfte bedeckten ihr Gesicht und ihre Zunge hielt ihre geschickte Pflicht aufrecht.

Sie drückte sich noch mehr auf ihn und erstickte ihn, so dass er durch ihr Geschlecht tief durchatmen musste und das Gefühl der ein- und ausströmenden Luft sie näher an den Rand brachte.

Sie konnte diesen Jungen trainieren, um zu tun, was er wollte, und mit der Zeit lernte er alle möglichen Arten zu gefallen.

Aber jetzt ...

Aber jetzt ...

Oh!

Sie kam hart und plötzlich und der Sklavenjunge stotterte, als sein Göttinnenorgasmus seinen Mund füllte und drohte, seine Luft vollständig abzuschneiden.

* * *

Samantha bewegte sich leicht und ließ ihn atmen, aber sie bestand darauf, dass er weiter leckte, als der Höhepunkt pulsierte und durch ihren Körper lief.

Er zögerte nie zu gehorchen, und sie hatte das wundervolle Gefühl einer Zunge, die er besaß, verbunden mit einem Jungen, den er besaß, als er sie über die Spannung hob, die sie die ganze Woche gefühlt hatte, und sie in reines Vergnügen fallen ließ.

Es war der Himmel der Herrschaft.

Ihre Augen bemerkten, wie der Schwanz des Jungen zappelte, und sie sah, wie es immer härter wurde, als sein Gesicht immer feuchter wurde.

Es war wirklich sehr natürlich.

* * *

Samantha beschloss, auf ihrem neuen Thron zu sitzen, als der Höhepunkt nachließ.

Sein Sklave hörte nie auf zu lecken und bald spürte er die ersten Anzeichen eines weiteren Orgasmus.

Ihre Haut prickelte, und sie spürte den Blutrausch an all den stacheligen Stellen, die bedeuteten, dass sie wirklich erregt war.

Es würde sehr bald wieder kommen!

Die Zunge des Sklaven achtete weiter auf all ihre intimsten Stellen, bis sie ihm befahl, sich auf ihren Kitzler zu konzentrieren, und einen weiteren Orgasmus schrie, als sie seinen Kopf festhielt und ihn schlug.

Die neue Herrin stieg von ihrem Sklaven, nachdem er ihrem Anus etwas mehr Aufmerksamkeit geschenkt hatte, legte sich dann neben ihn und packte seinen steinharten Schwanz.

Sie entfernte den Knebel und sah zu, wie sein Kiefer wieder zum Leben erwachte.

Dann streichelte er träge seinen Penis und der Junge drehte sich und drehte sich, als seine Göttin spielte.

Sie wusste, was sie tat, also nahm sie sich Zeit und ließ den Jungen ein paar Mal kurz vor dem Höhepunkt stehen, zog sich aber in letzter Sekunde zurück.

Als er hungrig und verzweifelt wurde, startete er seine Falle.

"Du kannst kommen, wenn du deine unsterbliche Loyalität als mein Sklave schwörst und als Belohnung darum bittest. Okay?"

"Ja, Göttin."

"Dann frag."

"Bitte, lass mich mit der Göttin abspritzen, und ich schwöre dir meine unsterbliche Loyalität als dein Sklave."

"Guter Kerl!"

Samantha ließ ihn noch ein paar Mal schwören, nur zum Spaß, dann packte sie seinen Schwanz und fing an, ihn immer schneller zu wichsen.

Der Junge schnappte nach Luft bei der plötzlichen Zunahme der Intensität und Samantha sah ihn versuchen zu atmen und hörte den Orgasmus zurückhalten.

Sie befahl ihm, damit aufzuhören, und änderte die Reihenfolge schnell, indem sie angab, dass sie aufhören wollte, sich zurückzuhalten, da er vollständig aufgehört hatte zu atmen.

Sie hätte ihn vielleicht zu konform gemacht, aber eine kleine Anpassung des Programms könnte das Problem beheben.

Ihre Augen weiteten sich, als Pauls Schwanz in die Luft spritzte und sich über beide Körper ausbreitete und ihn unterhielt, indem er ihn ihren Finger lecken ließ.

* * *

Er fütterte ihn mit so vielen Esslöffeln Sperma, wie er finden konnte, überprüfte dann seine Fesseln noch einmal, gab ihm mehr Drogenwasser und setzte seine VR-Brille wieder auf, um Level drei abzuschließen.

Mit dem hilflosen Jungen, der sicher im Bett lag und mehr unterschwellige Botschaften und Hypnose trank, setzte er sich an seinen Schreibtisch und begann, seine nächsten Schritte zu planen.

KAPITEL 3

Sie hatte noch ein langes Wochenende vor sich: Der Samstag hatte gerade erst begonnen, und Diana und Virginia sollten erst am Sonntagabend zurückkehren.

Diana, ich würde sie bis zum Ende reservieren.

Er hatte eine ungefähre Vorstellung davon, wie er dieses kurvige Mädchen mit dem welligen braunen Haar in ihre Brille stecken sollte, aber sie dachte, sie würde Virginia brauchen, um sie zu verführen, um es zu versuchen, vielleicht um näher an das Mädchen heranzukommen, das sie wollte.

Samantha wusste, dass die kurvige Diana verrückt nach dem schlanken und androgynen Mädchen Virginia war, und sie konnte ihr keine Vorwürfe machen.

Ein kleines Hacken in ihren Computer hatte Dianas Bisexualität offenbart, und das machte sie perfekt, um Samanthas Sklavin zu sein.

Sie hatte alle ihre Mitbewohner auf dieser Grundlage ausgewählt: Sie hoffte, dass sie alle wie sie Zugabe waren.

Aber nur aus Virginia, der schönen Virginia, war sie sich dessen sicher.

Samantha musste Virginia als nächstes versklaven.

In ein paar Wochen würde sich eine Gelegenheit ergeben, als sie erfuhr, dass Diana wieder weg sein würde und einige Freunde in ihrem eigenen Haus besuchen würde.

Mit Paul unter seiner Kontrolle konnte er ihm befehlen, ohne Vorwarnung mit der Brille zu spielen und Virginia zu interessieren.

Er dachte, er würde sie seine Brille anprobieren lassen, damit es so aussah, als würde er Virginia etwas geben, über das sie mit ihm sprechen konnte, und sobald sie sicher versklavt war, konnte er sie lieben lassen, wie sie es heimlich wollten.

Sie hatte das Liebesdreieck zwischen ihren drei Mitbewohnern nicht geplant, aber das machte die Sache einfacher.

* * *

Die junge Göttin ließ noch zwei Stunden verstreichen und befragte dann Paul, um das Ausmaß seiner Unterwerfung zu beurteilen.

Sie entschied, dass sie inzwischen zufrieden genug war und ließ ihn aus den Fesseln schlüpfen, immer mit dem Elektroschocker im Anschlag, jetzt in einem Holster mit einem Gürtel um die Taille.

* * *

Sie ging mit Paul die Treppe hinunter und nachdem sie alle Vorhänge im Haus geschlossen hatte, befahl sie ihm, die Zimmer im Erdgeschoss zu putzen und nicht aufzuhören, bis sie alles auf einer Liste beendet hatte, die sie ihm gegeben hatte.

Es gab Stunden Arbeit dort, aber Samantha hatte Zeit und ihren Vibrator zur Hand.

Sie hatte vor, die Show zu genießen.

* * *

Paul ließ sich gehorsam auf Hände und Knie fallen und begann, den harten Holzboden im Wohnzimmer zu schrubben.

Von dort ging es in die angeschlossene Küche, dann ins Esszimmer.

Es waren alles angenehme, helle und luftige Zimmer mit vielen Möbeln, Ecken und Winkeln.

Eine kleine Herausforderung für ihn, sie alle zu reinigen.

Samantha kicherte, als der Schwanz und die Eier des Jungen hüpften und zuckten, als der Sklave an den härtesten Stellen und Markierungen arbeitete und sein Bestes tat, um sie herauszuholen.

Sein neuer Besitzer plante, dass er arbeiten sollte, bis der Boden wie neu glänzte.

Sie setzte sich auf die Couch, spreizte die Beine und ließ ihren Vibrator seine Arbeit machen, während sie die Show sah.

Er bemühte sich wirklich sehr.

Sie errötete vor Stolz und Lust: Ihre Erfindung war ein Erfolg gewesen.

***

Paul rieb und rieb und Samantha schnappte nach einem Orgasmus, während er fleißig arbeitete.

Es machte ihr nichts aus, dass er sie heimlich beobachtete.

Er würde alles sehen, was sie zu zeigen hatte, so oft sie wollte, und niemals für eine Sekunde würde es etwas anderes sein als ihre Wahl, ihre Regeln, ihre Art, Dinge zu tun.

Er kam so lange wie möglich zum Orgasmus, schaltete dann den Fernseher ein und drehte einen Film.

Paul beendete den Boden und machte sich an die Arbeit in der kleinen Küche, die Samantha von der Couch aus sehen konnte.

Sie fand es nicht so sexy, die Küche zu putzen, aber das war in Ordnung.

Er musste, und sie interessierte sich damals sowieso mehr für den Film, also ließ sie ihn mit ihr weitermachen.

Eine weitere Stunde verging und der nackte Junge kehrte ins Wohnzimmer zurück und begann zu stäuben.

Er nieste, wie süß, und hustete, als er monatelang angesammelten Staub ausgrub und dieser ihn eingeholt hatte.

Samantha musste zugeben, dass sie von seiner implantierten Hingabe beeindruckt war.

Sie hoffte, dass ihre anderen Mitbewohner so leicht zu versklaven waren.

***

Es wurde spät am Morgen, als er bemerkte, dass der Junge langsamer wurde und den Rhythmus verlor, den er beim Polieren nahm.

Sie sah ein paar Minuten zu und machte sich Notizen. Als sie sich sicher war, dass der Junge sich nicht mehr voll und ganz der Aufgabe widmete, begann ihr Herz zu pochen.

Er holte tief Luft, dann noch einen, dann noch einen, bis er wieder die volle Kontrolle hatte.

"Sklave, was ist das?" Sie fragte.

Paul ließ das Poliertuch fallen, ohne dazu aufgefordert zu werden, und drehte sich zu ihr um.

Samantha sah zu, wie er versuchte aufzustehen und zu scheitern, also befahl sie ihm aufzustehen.

Er tat es und ging von ihr weg in eine Ecke des Wohnzimmers.

Sie zog den Elektroschocker.

"Sklave? Was ist los mit dir?"

"Ich will das schon nicht."

"Ja, das kannst du, Sklave."

"Ja, Göttin. N-n-n-nein, Göttin. Samantha. Göttin. Ja. Nein. Ich-"

"Halte den Mund, halt den Rand, Halt die Klappe".

"Y-"

"Geh nach oben und leg dich jetzt auf mein Bett."

"N-"

"Jetzt!"

Er tat es, aber sie sah, dass er zitterte und das Gleichgewicht verlor, als er vorrückte.

* * *

Als er auf dem Bett lag, blies sie den Elektroschocker auf ihn und sah zu, wie er still blieb.

Dann kettete sie ihn mit gespreizten Beinen an das Bett und überlegte, was sie als nächstes tun sollte.

Sie machte sich keine Sorgen, dass er um Hilfe bat, da das Haus dreifach verglast und absolut schallisoliert war.

Aber etwas stimmte nicht.

KAPITEL 4

Wenn sie ihn jetzt injizierte, würde er das vielleicht vergessen, aber es könnte zu lange her sein, seit die Brille anfing zu arbeiten.

Wenn ich es nur vorher gesehen hätte, aber es gab überhaupt keine Anzeichen.

Sie könnte die Brille benutzen, um ihn erneut durch die Sequenz zu führen, aber zweimal dasselbe zu versuchen, könnte nicht erfolgreich sein.

Es könnte die Dosis des Drogencocktails auf ein gefährliches Niveau erhöhen und auch die Intensität der Gläser erhöhen.

Das könnte funktionieren oder ihn töten, was das schlechteste Ergebnis wäre, das sie sich vorstellen kann.

Sie wusste in ihrem Herzen, dass dieser Junge ihr Sklave sein musste und ein glückliches Leben als ihr Eigentum führen würde.

"Ich dachte du wolltest mein Sklave sein?" sie flüsterte in sein Ohr.

"Ich d-", sagte er, spuckte zwei Silben aus und erinnerte sich dann an den Befehl, still zu sein.

"Du kannst frei sprechen, Sklave", sagte er.

"Ich möchte dein Sklave sein, Göttin. Ich habe ihn geliebt, seit ich dich getroffen habe."

"Warum kämpfst du dann dagegen? Du bist ein natürlicher Devot, ich bin ein natürlicher Domme. Du wirst glücklich sein als mein Eigentum."

"Ich schäme mich, Göttin."

"Von was?"

Er machte eine lange Pause, bevor er bereit war zu antworten:

"Vor dir nackt zu sein."

"Widerstehen Sie deshalb?"

"Ja, Göttin."

"Nicht weil du nicht mein Sklave sein willst?"

"Nein, Göttin."

"Nun, hör auf dich in Verlegenheit zu bringen. Ich mag dich nackt und ich werde dich manchmal so halten. Es ist schließlich mein Recht als dein Besitzer. Du siehst fantastisch aus."

"Nein, bin ich nicht, Göttin."

Samantha hörte die Gewissheit in seiner Stimme und wusste, dass er es ernst meinte.

Dies war eine mentale Verteidigung, die sie nicht geplant hatte, nicht von Paul.

Er schien immer so selbstsicher in seiner Haut zu sein, und wenn sie zusammen schwimmen gingen, sah er immer toll aus, nicht sperrig, nicht dünn, wirklich nur am Sweet Spot.

Dein Sweet Spot jedenfalls.

Samantha beruhigte sich und nahm sich ein paar Minuten Zeit, um darüber nachzudenken.

Seine Gedanken flossen auf die besondere Weise, als er ein wirklich elektrisierendes Problem lösen musste, und er ging schnell eine Bewertung seiner Optionen durch.

Werde es los: nein, dafür zu früh.

Mehr Programmierung: Es gab eine Verteidigung, die er nicht kommen sah, so dass sie in der aktuellen Form nicht funktionieren würde.

Sie spielte mit der Idee, ihn in dem kleinen leeren Studio einzusperren, das er in einer Stadt besaß, die viele Meilen entfernt war, für den Fall eines teilweisen Erfolgs: Sie konnte so tun, als wäre er weggelaufen oder musste in seine Heimatstadt zurückkehren oder so. ähnlich.

Auch dafür war es zu früh, und es war mit eigenen Risiken verbunden, zum Beispiel, dass er seine Stimmbänder deaktivieren und ihn im Käfig halten musste.

Dann kam ihr die Idee.

Sie hatte bis zu 24 Stunden Zeit, bevor die anderen Mitbewohner zurückkehrten.

Wenn sie jetzt anfangen würde zu programmieren, könnte sie ein neues Programm erstellen, es ausprobieren und sehen, ob es es heilen würde.

Zuerst fragte sie ihn nach anderen Abwehrmechanismen, anderen Vorbehalten und allem, was sie für ein Problem halten könnte.

Es gab nichts, nur eine überwältigende Angst, vor anderen nackt zu sein.

Sie ließ den Jungen ans Bett gefesselt, bedeckte ihn aber mit einer Decke und machte sich an die Arbeit.

KAPITEL 5

Drei schweißtreibende Stunden später, nach viel Kaffee und viel Fluchen, hatte er die Grundlagen eines Programms für die Virtual-Reality-Brille parat und entschied, dass es jetzt oder nie war.

Er setzte sich im Bett auf und wiegte den Kopf des Jungen in seinen Händen. Dann ließ er ihn eine große Dosis des Cocktails trinken, der ihn die ganze Nacht über selbstgefällig und offen hielt.

Es würde ihn auch daran hindern, sich zu bewegen, könnte ihn aber wahrscheinlich in sein Zimmer ziehen, falls einer der Mitbewohner vorzeitig zurückkehren sollte.

* * *

Sie setzte die Brille auf ihn, kehrte zu ihrem Schreibtisch zurück und drückte auf Laufen.

Es war größtenteils dieselbe Show wie zuvor, außer dass die Rätsel jetzt Fotos und Videos enthielten, die sie von ihrem nackten Körper aufgenommen hatte, mit positiver Verstärkung, einige Fotoshootings, die ihn nackt und glücklich in gemischter Gesellschaft zeigten, und eine Reihe von Mantras. und Eide, die die psychologischen Schlüsselmerkmale eines schlechten Körperbildes angriffen.

Er hoffte, dass es genug war, aber er würde noch Zeit haben, ihn am Morgen aus dem Haus zu holen, wenn es nicht so wäre.

Samantha blies eine kleine Luftmatratze auf und stellte sie auf den Boden des Schlafzimmers, schloss dann die Augen und zwang sich zu schlafen.

Er brauchte nur ein paar Stunden Schlaf und das Programm war lang.

Dies war ein weiteres kalkuliertes Risiko: Sie konnten das Programm im Verlauf nicht wirklich anpassen, aber Sie konnten den Fortschritt auch nicht in Echtzeit überwachen.

Sie musste sich darauf verlassen, dass ihr Programm funktionieren würde, und dann die Auswirkungen in wenigen Stunden bewerten.

* * *

Der Alarm traf sie etwas später, zu kurz, und sie stöhnte bei dem Gedanken, einen ganzen Tag mit so wenig Schlaf zu verbringen.

Er rieb sich die Müdigkeit aus den Augen, stand auf und untersuchte seinen neuen potentiellen Sklaven.

Er war völlig still, die Brille immer noch fest angebracht, und auf dem großen Monitor in der Ecke des Raumes konnte er sehen, dass das Programm seinen letzten Zyklus fast abgeschlossen hatte.

Er kochte einen schönen starken Kaffee, trank ihn und genoss das Aroma, als er beobachtete, wie der Sklave den letzten Teil seiner neuen Gehirnwäsche abschloss, hoffte er.

Als die Show vorbei war, nahm er ihre Brille ab und sie legte sich neben seinen angeketteten Körper auf das Bett und streichelte sein Gesicht.

"Stört es dich, wenn ich die Decke entferne, damit wir deinen völlig nackten Körper sehen können, Sklave?" Sie fragte.

"Es ist mir egal, Göttin. Bitte nimm es weg, Göttin, ich möchte, dass du mich siehst. Alle von mir. Bitte."

Samantha lachte und nahm die Decke weg.

Paul benutzte den kleinen Flex, den er in den Fesseln hatte und wandte sich so weit wie möglich von ihrem Blick ab.

Samantha lachte erneut und fuhr mit ihren Händen über seine Seiten, seinen Bauch und seinen Schwanz, dann über seine Beine und zurück zu seinem Schwanz und seinen Bällen, wobei sein Schwanz in ihren Händen hart wurde.

"Wie fühlt es sich an, nackt zu sein, Sklave?"

"Außergewöhnliche Göttin. Ich fühle mich so befreit, ich möchte einfach für immer so bleiben, hier bei dir."

"Also hast du keine Angst nackt zu sein?"

"Warum sollte die Göttin es haben? Du besitzt mich und du hast mich nackt gesehen, also möchte ich für dich nackt sein."

"Was ist mit anderen Leuten?"

"Das will ich auch, Göttin. Für dich."

"Das ist in Ordnung, Sklave, denn eines Tages wird es bald passieren."

"Ja bitte Göttin. Ja! Bitte!"

Samantha lachte und fragte sich, ob sie es zu weit gebracht hatte.

Um es zu testen, ließ sie ihn aus den Fesseln, brachte ihn in sein eigenes Zimmer auf der anderen Seite des Flurs und befahl ihm, sich anzuziehen.

Er tat es, nachdem sie ihm genau gesagt hatte, was er anziehen sollte, aber jetzt, wenn überhaupt, schien er sich in ihren Kleidern unwohl zu fühlen.

Sie befahl ihm, mit dem Zappeln aufzuhören und ihn durch sorgfältiges Training an den Punkt zu bringen, an dem er die Kleidung normal tragen konnte.

* * *

Samantha sprang auf und erinnerte sich daran, was sie vergessen hatte zu tun.

Sie rannte zurück in ihr Zimmer und aktivierte das Tracker-Programm auf den Telefonen und Computern ihrer Mitbewohner.

Sie seufzte dann erleichtert, als sie immer noch zeigten, dass sie Hunderte von Meilen voneinander entfernt waren.

Er hatte noch viel Zeit, aber er stellte sicher, dass der Alarm ertönte, als sie zurück nach Manchester fuhren.

* * *

Als sie in Pauls Zimmer zurückkehrte, stand er genau dort, wo sie ihn verlassen hatte, ruhig und glücklich und wartete nur auf ihre Befehle.

"Zieh dich aus und mach mir Frühstück, Sklave. Rührei mit Toast, Kaffee und Orangensaft. Und mach auch was für dich. Und bring es in mein Zimmer."

"Ja, Göttin!" sagte er und schien sich zu freuen, für sie nackt zu sein.

Er bekam sogar eine halbe Erektion, als er die Treppe hinunterging.

KAPITEL 6

Samantha ließ ihn auf dem Boden knien, um zu frühstücken, und verbrachte dann eine Stunde damit, die Bereitschaft des Jungen zu testen, sich auszusetzen.

Er hatte beim Essen darüber nachgedacht, während seine Augen sich an dem schönen nackten Körper des Jungen richteten, und jetzt war es so gut wie jeder andere, ihn zu probieren.

"Unten im Wohnzimmer und in Ausstellungsposition eins stehen."

"Ja, Göttin!"

Samantha folgte ihm mit ihren Kameras und einem Stativ, das sie aufstellte, um den nackten Sklaven zu filmen.

"Sklave, sag mir, wie es sich anfühlt, jetzt nackt zu sein."

"Ich fühle mich frei, Göttin. Mein Körper ist wunderschön und ich liebe es, wenn du mich ansiehst."

"Was ist, wenn ich dich filme?"

"Ich mag es, dass du denkst, ich bin es wert, gefilmt zu werden."

"Gute Antwort, Sklave. Jetzt knie dich auf den Boden und masturbiere zum Orgasmus, während du in die Kamera schaust und ständig wiederholst: 'Ich bin das stolze nackte Eigentum von Samantha Gibson und sehe fantastisch nackt aus.'

"Ja, Göttin! Ich bin das stolze, nackte Eigentum von Samantha Gibson und sehe fantastisch nackt aus. Ich bin das stolze, nackte Eigentum von Samantha Gibson und sehe fantastisch nackt aus. Ich bin der stolze, nackte Nachlass von Samantha Gibson, und ich sehe fantastisch nackt aus. Ich bin der stolze, nackte Nachlass von Samantha Gibson, und ich sehe fantastisch nackt aus ... "

Samantha richtete die Kameras auf den Jungen, zog dann ihre Unterwäsche aus und schloss sich dem Rausch des Vergnügens an, der zu einem glücklichen, schwebenden Orgasmus führte, als sie den Sklaven anstarrte.

Sie sah so süß und glücklich aus, keine Spur der Verlegenheit vom Vortag, und alle Anzeichen waren positiv.

Er kam auch sehr groß und schoss Sperma im ganzen Wohnzimmer ab, was seine neue Besitzerin ihn gründlich sauber machte, während sie versuchte, ihr Lachen zu unterdrücken und masturbierte.

Sie war überglücklich, als er auch die lustige Seite sah.

Das schien das Problem zu schließen.

Sie würde ihn den Rest des Tages im Auge behalten, war sich aber sicher, dass die Gehirnwäsche diesmal vollständig funktioniert hatte.

* * *

„Steh auf, Sklave. Lass uns auf die Toilette gehen, um ein Bad zu nehmen. Oh, bevor ich es vergesse. Zitrone, Fingerhut, Seide." Pauls Gesicht wurde ausdruckslos und seine Augen glasierten über der Reihe von Schlüsselwörtern für die Konditionierung. "Schlaffer Schwanz, bis ich dir etwas anderes sage. Zitrone, Fingerhut, Seide. Von nun an habe ich die volle Kontrolle über deinen Schwanz, wie es der Tatsache entspricht, dass ich ihn besitze. Ich werde zulassen, dass er dich hochhebt, aber nur wenn sag ich. Dies wird effektiver sein als der Keuschheitskäfig und auch völlig unerheblich. "

"Danke Göttin", sagte Paul.

* * *

Das Badewasser war perfekt und Samantha war berührt von der aufmerksamen Berührung ihres Sklaven.

Er schenkte ihr seine volle und totale Aufmerksamkeit und sie entspannte sich in seinem Körper, als sie sich an ihn lehnte und ihn die Spannung massieren ließ, die sich im Laufe des intensiven und stressigen Tages aufgebaut hatte, den sie gebraucht hatte, um ihn zu versklaven.

Das war alles, was er jemals gewollt hatte, und er fragte sich, ob es ausreichen würde, ihn zu versklaven.

Sie konnte ihn heiraten, ihre Mitbewohner im Stich lassen und für immer glücklich leben.

Aber nein.

Zumindest brauchte er einen Sklaven, und die Idee, ein paar Mädchen zu besitzen, die zu seinem Spaß ficken konnten, war zu lecker, um darauf zu verzichten.

Es mussten alle sein.

Sie könnten in Zukunft sogar ein oder zwei weitere hinzufügen, obwohl Sie ein größeres Haus benötigen würden.

Und sie hatte einen Masterplan, der davon abhing, Menschen mit den richtigen Fähigkeiten zu erwerben.

Ihre anderen Mitbewohner studierten Medizin und Biochemie, und das brauchte sie, um ihren Sklaverei-Geschäftsplan wirklich umzusetzen.

KAPITEL 7

Pauls Hände brachten sie zurück in den Moment.

Sie führte sie zu ihrem Geschlecht und als sie sich an seine Brust lehnte.

Seine Finger erledigten ihre Arbeit unter Wasser, wo sie ihren Kitzler streichelten und sie zum Keuchen brachten.

Samantha stellte sich eine Zukunft vor, in der sie dies jeden Tag haben könnte.

Oh Gott, er war jetzt gut darin und irgendwie mit seinem Körper auf eine Weise verbunden, die am Tag zuvor nicht passiert war.

Er hielt sie sogar eine Weile an den Rand des Höhepunkts, was sie ihm nicht einmal gesagt hatte, bevor sie sie wegschob und sie vor Vergnügen schreien ließ.

Die Konditionierung hielt an und sie fühlte, dass er nicht hart werden konnte, selbst wenn er ihr gefiel.

Sie lächelte darüber.

"Sklave, komm raus, trockne dich, dann trockne mich."

"Ja, Göttin."

Als er herauskam, griff sie nach seinem schlaffen Schwanz und lachte.

Es war völlig glatt und sie errötete leuchtend purpurrot.

Sie schwelgte in der Empfindung eines gehorsamen Mannes, der ihren üppigen Körper trocknete, und war zufrieden, dass er es perfekt tat, mit einer Intensität, die alles, was er für sie tat, zu verstärken schien.

Dann führte er ihn zurück ins Schlafzimmer und stellte ihn auf alle viere.

Sie ging noch nackt die Treppe hinunter und hob die Kameras auf.

Sie brachte sie zurück und installierte sie.

Nach einer weiteren Überprüfung der Standorte ihrer Mitbewohner schaltete sie die Kameras ein und griff nach ihrem kleinsten Dildo.

"Dies sind nur die Vorbereitungen, Sklave."

Sie setzte ihn auf das Bett, schmierte den Dildo und war beeindruckt, wie gut der Sklave reagierte, als er ihn ohne Vorwarnung in ihn stieß.

Er versuchte nicht einmal, von ihr wegzukommen.

Totaler Gehorsam, wie programmiert.

Ihre Hände schlossen sich um seine starken Hüften und sie ließ jeden Stoß tief in ihn eindringen und sie hielt ihn dort, bevor sie sich zurückzog und ihn erneut schlug.

Sie benutzte die konditionierenden Worte, um ihn wieder hart werden zu lassen, und sprach dann mit ihm über die Parameter ihres neuen Lebens.

"Sklave, lass uns reden, während ... wir genießen ... wir ficken. Du wirst mein Eigentum sein bis zu dem Tag, an dem du stirbst. Später heute werde ich die Kontrolle über dein Leben übernehmen. Du wirst mir Zugang zu deinen Bankkonten geben und du wirst dein ganzes Geld an mich überweisen. Ich brauche es nicht, ich will nur deines kontrollieren. Ich gebe dir eine Zulage, damit du ein wenig Geld ausgeben kannst.

"Entweder du wirst mich heiraten oder du wirst eine Vollmacht für mich unterschreiben, aber von nun an werde ich dein Leben verwalten. Wenn ich diesen Befehl nicht widerrufe, musst du in Gegenwart anderer auf eine Weise handeln, die niemals offenbart, dass wir involviert sind, dass ich deine Göttin bin. oder dein Besitzer, oder dass ich etwas anderes als dein Mitbewohner und Freund bin. Sprich mich nur dann als 'Göttin' an, wenn du sicher bist, dass niemand anderes es hören kann, und wenn ich dir ausdrücklich befohlen habe, in den Sklavenmodus zu wechseln. Ich werde diese Reihenfolge ändern Einmal versklave ich mehr Menschen.

"Ich mag deinen Namen und du kannst ihn behalten, aber ich werde dir auch einen Sklavennamen geben: Ehemann des Hauses. Morgen wirst du zur Universität gehen und deinen Mathematikabschluss offiziell fallen lassen. Dann wirst du dich stattdessen für das Studium bewerben.

Kunst und Design - ich bezahle dafür und sage Ihnen, wo Sie sich bewerben sollen. Ich weiß, dass Sie das schon immer studieren wollten, und ich brauche diese Fähigkeiten mehr als Mathematik, also funktioniert es für uns beide. "

"Danke, Göttin!" antwortete sein Sklave.

"Guter Junge, Ehemann des Hauses. Wie Ihr neuer Name andeutet, werden Sie von nun an viel mehr Zeit im Haus verbringen, um sich um meine Bedürfnisse zu kümmern. Zunächst werden Sie es nur tun, wenn unsere Mitbewohner weg sind und nicht für die zurückkehren müssen weniger als eine halbe Stunde. Sobald sie versklavt sind, können Sie auch der Ehemann des Hauses für alle sein. Wir werden alle mehr lernen und arbeiten als Sie. "

"Ja Göttin! Danke Göttin!"

"Oh guter Junge. So eifrig! Wie du gerne in den Arsch gefickt wirst, richtig, Sklave?"

"Ich liebe deinen Schwanz in meinem Arsch, Göttin. Es tut aber weh."

"Das wird vergehen, Sklave. Atme einfach und genieße es."

"Ja, Göttin."

"Du wirst viel größere Schwänze nehmen als diese, wenn ich dich richtig ausgestreckt habe."

"Danke, Göttin!"

Samantha konzentrierte sich darauf, ihren Sklaven wirklich zu ficken.

Dies war ein weiterer guter Test, ob er wirklich ihr gehörte, aber in Wahrheit gab es keinen Zweifel mehr.

Ich war sicher?

Sie musste sehr, sehr sicher sein und sich nicht mitreißen lassen.

Aber sie war erschöpft und konnte spüren, dass ihr Körper gleich aufgeben würde, da sie nach einem der intensivsten Tage ihres Lebens an eine normale biologische Grenze stieß.

Sie fickte weiter, weil ihr Sklave es brauchte und sie auch, aber zumindest musste sie sich etwas ausruhen.

* * *

Der Dildo ging weiter, bis ihr Sklave vor Vergnügen knurrte und sie ihn mit einer Hand berührte, um abzuspritzen, während sie in ihm war.

Sie wollte, dass er Vergnügen mit Gehorsam verband, und dies war einer der besten Wege.

Sie hielt sich an seinen Hüften fest und schlug ihm auf den Arsch. Sie zwang sich, gegen die Müdigkeit anzukämpfen und weiterzumachen, bis er seinen Höhepunkt erreichte.

Die Erleichterung breitete sich aus, als er es tat, und sie stieg von ihm ab und ließ den Dildo auf den Boden fallen.

KAPITEL 8

Die neue Sklavenhalterin holte ihr Handy und überprüfte den Aufenthaltsort ihrer Mitbewohner.

Sie reisten noch nicht zurück, aber sie würden bald anfangen müssen.

Sie hatte noch Zeit.

Der Alarm würde sie wecken, wenn einer von ihnen sich definitiv wieder Manchester näherte.

Er befahl Paul, sich auf den Boden fallen zu lassen und sich auf die Vorderseite zu legen, wo er gewesen war, um das Gefühl seines klebrigen Spermas auf den Laken zu genießen, und dann spreizte er ihre Beine für ihn.

"Sklave, leck meinen Arsch bis ich einschlafe."

"Ja, Göttin."

Es war etwas Besonderes, wie Paul sie dort leckte.

Sie hatte einen großen Hintern und sie wusste es und sie hatte das Gefühl, dass er es genauso lieben wollte, wie sie angebetet werden wollte.

Sie waren ein Paar, das dazu prädestiniert war, sich zu treffen, oder zumindest ein wiedergeborenes Paar.

Seine Zunge wurde geschickter als Reaktion auf Samanthas kleine Tritte, Stöhnen und Grunzen, und sie spürte, wie er experimentierte, bis er den richtigen Weg fand, sie zu entspannen.

Sie schlief ein, eine glückliche Göttin.

***

Und sie wachte erschrocken auf.

Er konnte Dianas Stimme unten hören, klar wie eine Glocke.

Sie sprang von ihrem Bett und sah sich nach Paul um.

Von ihm war nichts zu sehen.

Dann auch seine Stimme.

Scheisse.

War das das Ende?

Erzählte er ihr gerade, was sie ihm angetan hatte?

Was sollte sie tun?

Er zog Jeans und ein weites Hemd an, mit dem er den Elektroschocker an seiner Taille verstecken konnte, ohne ihn zu zeigen.

Dann öffnete er die Schlafzimmertür, um zuzuhören.

"Und dann hat er mein Handy von mir genommen und ist mit dem Roller losgefahren. Mein verdammtes Telefon! Ich kann mir kein anderes leisten!" er hörte Diana schreien.

„Es wird gut, Diana", hörte sie Paul sagen, „wir können dir noch einen besorgen. Wir können dir einen Ratenzahlungsplan besorgen oder so. Hey, das ist gut. Es ist gut."

"Und mein Laptop war auch wirklich komisch. Glaubst du, er könnte einen Virus haben?"

"Lass uns Samantha fragen, wenn sie wach ist."

Samantha ging ins Wohnzimmer und fand einen voll bekleideten Paul, der mit Diana sprach, als die Nachmittagssonne durch das Fenster schien.

Er sah keine Anzeichen dafür, dass etwas nicht stimmte, und als Diana ihm die Geschichte ihres gestohlenen Telefons erzählte, wurde ihm klar, warum es nie so aussah, als würde er in die Stadt zurückkehren.

Sie gab Diana ein altes Telefon aus ihrer technischen Schublade, und als das Mädchen sie fest umarmte, ließ Samantha sie tun, um Paul nicht zu befehlen, sie genau dort festzunageln, damit sie versuchen konnte, sie sofort zu versklaven.

Samantha ließ die Spannung los und Paul zwinkerte ihr zu.

Es war jetzt wirklich alles von ihr.

ZWEITER TEIL

KAPITEL 9

Samantha wachte früh auf und ging nach unten, um ihr eigenes Frühstück zu machen.

Sie sehnte sich nach dem Tag, an dem Paul, ihr perfekter Ehemann zu Hause, alle ihre Mahlzeiten für sie zubereiten würde, aber sie musste die Kontrolle behalten.

Sie hatte ihn in ihr geheimes Arbeitszimmer in einer anderen Stadt geschickt, um sich auf das Wochenende vorzubereiten, an dem Diana weg sein würde.

In der Küche war Samantha überrascht, dass Virginia bereits wach war und Frühstück machte.

Wenn sie Pläne hätte, von denen Samantha nichts wusste, wäre das eine Komplikation.

"Hallo Schatz", sagte Samantha, "das ist ein sehr früher Start in den Tag für dich, oder?"

"Oh, total, aber ich muss noch eine Generalprobe beenden und ich muss wirklich auch etwas Zeit im Fitnessstudio verbringen."

"Ich dachte du hättest schon alles fertig"

"Ich auch! Aber ich habe von Anfang an einen Fehler gemacht und jetzt muss ich alles neu schreiben, aber ich bin wirklich gestresst, also gehe ich zuerst ins Fitnessstudio. Ich werde alles niederbrennen, weißt du, ich muss wirklich Energie verbrennen."

„Also kannst du das Wochenende nicht mit mir verbringen?" Samantha unterbrach sie.

"Oh Gott Samantha, es tut mir so leid. Ich habe vergessen, dass wir Pläne hatten. Oh Scheiße ..." Virginia verstummte.

"Okay, Schatz, okay! Sag dir was, ich bringe dich ins Fitnessstudio, wir können zusammen trainieren und ich bringe dich zurück und halte dich heute voll koffeinhaltig und gefüttert, während du an dieser Probe arbeitest, okay?"

"Oh mein Gott, du bist der Beste! Aber wirklich, es tut mir so leid. Ich wollte unbedingt ein 'Wochenende mit dir' Mädchen sein, aber dann hat mich das einfach umgehauen."

"Okay, ja? Es ist allerdings eine Schande, ich wollte dir mein neues Spiel zeigen, auf das Paul sich wirklich verliebt hat."

"Oh was ist das?" Sagte Virginia und konzentrierte sich plötzlich auf Samantha bei der Erwähnung von Pauls Namen.

"Es ist ein Puzzlespiel, das ich gemacht habe. Ich meine, ich weiß nicht, ob es dir auch gefallen würde. Es gibt eine Menge wissenschaftliches Zeug. Wenn du es versuchst, kannst du mir sagen, ob alles in Ordnung ist? Es war jedoch gut, dass er es versucht hat. Er hat mir sehr geholfen, verschiedene Fehler zu beseitigen, und hat uns wirklich etwas zum Reden gegeben. Er kann sehr schüchtern sein, oder? "

"Es ist sehr schwierig, ihn zum Sprechen zu bringen!"

"Sehr schwierig. Er ist jedoch ein guter Zuhörer."

"Oh ja, das ist es! Ich habe noch nie einen Mann getroffen, der so genau zuhört."

"Vielleicht könnten Sie das Spiel ausprobieren, wenn Sie Ihren Aufsatz früher beenden?"

"Mmmm, denke ich?"

"Oder könnten wir warten, um es auszuprobieren, bis Sie eine Pause brauchen?"

"Oh ja, das könnte funktionieren!"

"Wir werden später darüber sprechen."

"Ja!"

KAPITEL 10

Samantha sah zu, wie Virginia schnell frühstückte und sie aß ihre genauso schnell.

Dann nahmen sie ihre Sporttaschen und Samantha trug die beiden dorthin.

Samantha war mehrere Male mit Virginia in ihrer Nachbarschaft herumgelaufen, aber sie war noch nie zuvor mit Virginia im Fitnessstudio gewesen.

Sie hatten beschlossen, ein kurzes Bad zu nehmen und dann die Sauna zu besuchen, bevor sie nach Hause eilten, um Virginia an ihrem Aufsatz arbeiten zu lassen.

****

In der Umkleidekabine überraschte Virginia Samantha, indem sie sich ohne einen zweiten Gedanken vor ihr auszog, und Samantha beschloss, mitzuspielen, indem sie sich ebenfalls nackt machte.

Sie wusste, dass sie den Körper einer Göttin hatte, und sie nahm sich Zeit zwischen dem Ausziehen und dem Anziehen ihres Bikinis, plauderte beiläufig mit Virginia und nahm die verstohlenen Blicke zur Kenntnis, die Virginia ihr zuwarf.

Das war ein gutes Zeichen.

Samantha war in der Vergangenheit von Virginia angezogen worden, aber sie war sich nie sicher gewesen, wie stark sie war.

Das Schwimmen mit Virginia bestätigte Samanthas Verdacht.

Das Mädchen war verrückt nach ihr und nach Paul.

Samantha plauderte und lachte mit Virginia am Pool, und Samantha sorgte dafür, dass Virginia ihre besten Posen sah, und gab Virginia sogar einige physische Hinweise, dass sie auch in sie verliebt sein könnte.

Samantha schwamm vor Virginia, so dass Virginia einen großartigen Blick auf ihren perfekten Hintern hatte, und zu ihrer Freude schlug Virginia immer wieder ein paar Runden vor, bestand jedoch darauf, dass Samantha das Tempo vorgab, indem sie zuerst ging.

* * *

In der Sauna lobte Samantha Virginia für ihren wunderschönen Pixie-Haarschnitt und wie gut ihr Badeanzug zu ihrem Teint passte.

Virginia erwiderte jedes der Komplimente beim Berühren und Bürsten, so dass Samantha absolut sicher war, dass Virginia heiß und unruhig wurde.

Samanthas Gedanken hatten sich blitzschnell verarbeitet und geplant, als sie schwamm, und sie konnte verschiedene Wege erkennen, um vorwärts zu kommen.

"Nun", sagte Samantha, "ich denke, du musst wirklich nach Hause gehen und mit dieser Probe weitermachen, oder?"

"Oh Gott, ich weiß. Es tut mir so leid, unser Wochenende zu verderben."

"Tut mir nicht leid Schatz, wir können immer noch Zeit miteinander verbringen. Es war ein tolles Bad. Sollen wir zum Duschen gehen?"

"Ja!" Virginia schnappte.

* * *

Samantha führte Virginia aus dem Pool zurück in den Umkleideraum und blieb etwas weiter vorne, damit Virginia einen guten Blick auf Samanthas feinen runden Arsch hatte.

Samantha zog sich aus, zog das Handtuch aus ihrem Schließfach und ging dann zu den offenen Duschen, um zu sehen, ob Virginia ihr folgen würde.

Das Herz der zukünftigen Herrin pochte, als sie darauf wartete, was Virginia tun würde, und als sie den Duschbereich betrat, wurden sie mit einem breiten Lächeln und immer offensichtlicheren Blicken begrüßt.

Samantha nahm sich Zeit zum Duschen und Virginia auch.

Sie unterhielten sich über dieses und jenes, die Leute, die sie kannten, und Samantha brachte Paul in das Gespräch, nur um zu sehen, was passieren würde.

Virginia schätzte den Namen kaum, als ein Tropfen fiel.

Er führte das Gespräch immer wieder zu Samantha zurück, bis die zukünftige Herrin bemerkte, dass Virginia versuchte herauszufinden, ob sie jemanden sah.

* * *

Auf dem Rückweg im Auto bemerkte Samantha, dass Virginia unruhig, besorgt und vielleicht gleichzeitig geil war.

Diese verdammte Probe störte Samanthas Verführung, und als sie nach Hause kamen, schien Virginia die Nerven zu verlieren und rannte nach oben in ihr Dachzimmer, um zur Arbeit zu gehen.

Samantha gab ihr ein paar Minuten Zeit, um sich zu beruhigen, ging dann mit einer Tasse Tee auf den Dachboden und wünschte Virginia viel Glück mit ihrem Aufsatz.

"Ich werde unten in meinem Zimmer sein, falls du etwas brauchst, Liebling. Alles", sagte Samantha.

* * *

Als die Tür zu ihrem Zimmer geschlossen war, schaltete Samantha ihren Computer ein und führte die Befehle aus, um auf die versteckten Kameras zuzugreifen, die sie in Virginias Zimmer platziert hatte.

Er sah zu, wie Virginia sich bemühte, sich zu konzentrieren, schnell ein paar Sätze in ihren Aufsatz schrieb, dann von ihrem Schreibtisch aufstand und zu ihrer Tür ging.

Warten in der Nähe der Tür.
Ich fange an es zu öffnen ...
Kopfschüttelnd und wieder sitzend.
Verdammt.

KAPITEL 11

Samantha beschloss, das Mädchen etwas Spannung aufbauen zu lassen.

Es würde ihm leichter fallen, abgelenkt zu werden und sie zu verführen.

In der Zwischenzeit öffnete sie die Kameras, die sie in das Arbeitszimmer gestellt hatte, in dem sie Paul versteckt hatte.

Wie befohlen, war er völlig nackt, saß mit einem Skizzenbuch auf dem Boden und übte, wie man die menschliche Form aus Standbildern zeichnet.

Er war noch nicht sehr gut, aber er versuchte es und sie wusste, dass er sich darin auszeichnen würde.

All die Gehirnwäsche, die er durchgeführt hatte, hatte ihm einen einzigartigen Fokus gegeben.

Ein einzigartiger Ansatz. Samantha spürte, wie der Ansturm des Vergnügens sie überflutete, als sie eine großartige Idee hatte.

Er stellte die Kameraansicht auf einen anderen Monitor und arbeitete an seinem Computer an einer angepassten Version seines Virtual-Reality-Gehirnwäschespiels, das speziell für Virginia entwickelt wurde.

Das Gute daran war, dass sie nur Level 1 brauchte, um Virginia zu fesseln, und das Mädchen allein würde immer wieder zurückkommen, wenn sie ihren Aufsatz beendet hatte.

Samantha ersetzte einige der Vorschläge aus der ersten Ebene des Programms durch eine Anweisung, sich auf die Aufgabe zu konzentrieren, diesen Aufsatz zu machen und ihn gut zu machen.

Sie verließ sich als Puzzle-Meisterin und verdichtete das Spiel, damit Virginia in kurzer Zeit einen gewissen Effekt aus den Vorschlägen spüren konnte.

Jetzt würde der Setup-Effekt des Spiels Virginia helfen, ihre Gedanken zu klären, und sie würde sehen, dass sich ihr Fokus dramatisch verbessert, wenn auch nur für kurze Zeit.

Dann würde ich für mehr zurückkommen.

KAPITEL 12

Samantha trug das dünnste und transparenteste Outfit, das sie im Haus tragen konnte, und brachte eine weitere Tasse Tee in Virginias Zimmer.

Virginias Augen sprangen fast aus ihren Augenhöhlen, als sie sah, wie Samantha angezogen war, und fragte sie:

"Wie läuft die Probe?"

"Böse."

"Bist du gestresster Schatz?

"Verdammt, Samantha! Wie zum Teufel soll ich das machen? Ich kann nicht klar denken. Ich bin so durcheinander. Fuck, fuck, fuck."

"Atme ein, Schatz. Okay. Ich sage dir etwas, ich könnte etwas haben, das helfen kann. Gib mir eine Stunde, und wenn du dich immer noch nicht konzentrieren kannst, komm runter und klopfe an meine Tür. Bis dahin ist es fertig."

"Was ist es?"

"Es ist eine Überraschung! Aber es ist eine Art psychologisches Werkzeug, das Ihnen helfen kann, Ihre Aufmerksamkeit zu konzentrieren. Ich benutze es die ganze Zeit und es hilft mir wirklich. Das ist alles, was ich Ihnen sagen werde, aber ich kann nicht versprechen, dass es Ihnen helfen wird Sie sollten versuchen, sich zuerst zu konzentrieren. Sie können es tun, Mädchen! "

In Wahrheit war die Show bereits beendet, aber Samantha hielt diese Version für glaubwürdiger, und das machte Virginia noch anfälliger für das, was sie tun würde.

* * *

Dreiundfünfzig Minuten später klopfte Virginia an ihre Tür und Samantha reichte ihr die Virtual-Reality-Brille und ließ sie auf der Kante ihres großen Eichenbettes sitzen.

"Dies ist ein Spiel, das dem Spieler helfen soll, sich auf das Erfüllen von Aufgaben und Zielen zu konzentrieren. Es verwendet Rätsel, um die Aufmerksamkeit zu verbessern, und bietet visuelle und akustische Hinweise, die dem Geist helfen, sich zu entspannen. Es hat Wunder für mich gewirkt. Ich habe es ein wenig angepasst Sie. Werden Sie es versuchen? "

Virginia nickte leise und setzte ihre Brille auf.

Samanthas Herz begann wieder in ihrer Brust zu schlagen.

Er fragte sich, ob Virginia gegen das Spiel antreten würde, ob sie vor Stress völlig zusammenbrechen würde, ob sie ein zu großes Risiko einging und nur warten musste.

Nein, das war in Ordnung.

Level 1 hatte einen sehr geringen Einfluss auf den Geist und das Schlimmste, was passieren konnte, war, dass es nicht funktionieren würde. In diesem Fall würden Samantha oder Paul Virginia auf die altmodische Weise in die Brille verführen.

Samantha war erleichtert, als Virginia in den ersten Minuten ins Spiel kam.

Die beruhigenden Anblicke und Geräusche waren Pauls Idee gewesen, eine Idee, die sein künstlerischer Verstand geliefert hatte, eine Idee, von der Samantha wusste, dass sie sie niemals alleine gehabt hätte.

Es war zu einfach für ihren komplexen Verstand, aber sie musste zugeben, dass es elegant war.

Eine Viertelstunde später verließ Virginia Samanthas Zimmer, fühlte sich ruhig und konzentriert und arbeitete neunzig Minuten ohne Unterbrechung an ihrem Aufsatz, während Samantha an ihrem Code herumfummelte.

* * *

Virginia kam etwas später zurück und berichtete, dass der Fokus verschwunden war und sah ein bisschen hoffnungsvoll aus, sogar erbärmlich.

Samantha setzte sie hin und gab ihr ein angepasstes Programm mit einer geringen Dosis Gehirnwäsche.

Virginia ging und fühlte sich genauso mental vorbereitet wie beim ersten Mal, aber diesmal kehrte sie in einer Stunde zurück.

"Hat es nicht funktioniert?" Fragte Samantha.

"Das hat es getan! Zuerst sehr gut, aber dann ist es schneller verblasst als zuvor. Ist dir das jemals passiert?"

"Ja, es ist normal, fürchte ich."

"Scheiße. Was mache ich jetzt?"

"Nun ...", sagte Samantha und schüttelte dann den Kopf.

"Was?"

"Hmmmmm ..."

" Bitte? "

"Wir könnten Level 2 versuchen."

" Was ist der Unterschied? "

"Es ist mächtiger und würde länger dauern, aber wenn es verschwindet, werden Sie sich für eine Weile müder und verwirrter fühlen. Ich denke, wir sollten es noch einmal mit Level 1 versuchen. Es ist weniger riskant."

"Wird es diesmal nicht schneller verschwinden?"

"Es könnte, ich weiß es nicht. Aber es wird wahrscheinlich. Ja, wenn ich weiterhin ehrlich zu dir sein will."

"Nun, wie lange würde Level 2 dauern?"

"Normalerweise denke ich über sechs oder sieben Stunden für mich nach, also ist es wahrscheinlich dasselbe für dich."

"Mit so einem Ansatz könnte ich die ganze Probe beenden!"

"Bist du dir absolut sicher? Dann wirst du schwer abstürzen, du wirst nicht einmal wach bleiben können. Ich muss dich beobachten, wenn das in Ordnung ist."

"Ja, okay, macht es dir nichts aus?"

"Natürlich ist es mir egal!"

"Dann lass es uns versuchen."

"Sehr gut! Level 2, los geht's. Sie müssen jedoch Level 1 wiederholen. Es funktioniert in Schritten."

"Sicher. Lass es uns tun!"

"So begeistert! Zieh das an."

Virginia setzte die Virtual-Reality-Brille auf und nahm die Controller, mit denen sie die Rätsel lösen konnte.

Samantha gab vor, eine brillante Idee zu haben, und ließ Virginia eine Flasche Energy-Drink trinken, um sich für das Programm zu engagieren, und gab ihr dann die Schecks zurück.

Wie bei Paul blieb Virginias Körper einige Minuten später stehen und ihre Atmung verlangsamte sich, als der hypnotische Cocktail übernahm.

Samantha schloss die Vorhänge im Raum und überprüfte den Tracker auf Dianas Telefon und die anderen, die ihre Sachen überprüft hatten.

Alle am selben Ort, Hunderte von Meilen voneinander entfernt, genau dort, wo sie sein sollten.

Perfekt.

KAPITEL 13

Virginia ging durch die Show, beendete Level eins und erreichte Level zwei, wo ein sexy Avatar von Samantha sie durch die Rätsel führte, während die Pannen und Drogen Virginias Geist für tiefgreifende Vorschläge und Neuprogrammierungen öffneten. .

Virginia war schon hilflos genug, aber Samantha war mit ihrem Elektroschocker und Rohypnol bereit, falls es nicht klappen sollte.

Die Show, die Samantha angepasst hatte, behielt viele der gedankenbezogenen Elemente bei, die Virginia gewollt hätte, um das Mädchen weniger misstrauisch zu machen, aber schließlich ließ sie sie fallen und verwandelte sich in eine reine Gehirnwäsche-Routine.

Um sicher zu gehen, ließ Samantha Virginia eine volle Verlängerung durch das zweite Level laufen, bevor sie mit Level drei begann.

Virginia wand sich und bewegte sich im Bett, als Level drei begann, aber spezielle audiovisuelle Probleme beseitigten Virginias letzten Stand.

Samantha war nervös und unruhig, als sie an ihrem Schreibtisch saß und beobachtete, wie Virginia versklavt wurde.

Sie schrieb Paul eine SMS, um das Studio zu schließen und zum Haus zurückzukehren. Nachdem sie Dianas Standort überprüft hatte, zog Samantha ihr Höschen aus und begann langsam zu masturbieren.

Jetzt hatte er den ganzen Tag Zeit, so viel abzuspritzen, wie er wollte.

* * *

In der Virtual-Reality-Show folgte eine hilflose Virginia einem nackten Avatar von Samantha durch die Landschaft der Rätsel.

Mit jedem, den Virginia traf, durfte ein neuer Teil ihres Sklaven in ihrer Persönlichkeit erscheinen.

Zuerst leise, dann fast wie ein Schrei, begann Virginia, Samantha den Eid der Sklaverei zu rezitieren, die gleichen Worte, die Paul drei Monate zuvor gesagt hatte.

Samantha freute sich.

Er bekam endlich das, was er als höheres Wesen verdient hatte.

* * *

Samantha beobachtete die körperlichen Anzeichen, als Dopamin Virginias Gehirn überflutete, wobei jedes neue Rätsel gelöst wurde und jeder neue Aspekt ihrer Versklavung ihr offenbart wurde.

Er ließ Virginia für eine lange Zeit in der Show bleiben, und nachdem Samantha ihre Lektion von Paul gelernt hatte, stellte sie Virginia eine Reihe von Fragen, um zu beurteilen, ob es irgendetwas gab, das sie widerstandsfähig machen könnte, Sklavin zu werden, so wie er es getan hatte. Angst vor Nacktheit für Paul.

Am Ende der Reihe von Fragen war Samantha sehr erfreut, nichts zu finden, was Virginia blockieren könnte.

Sein neuer Sklave.

KAPITEL 14

Samantha stieg auf das Bett und flüsterte Virginia ins Ohr:

"Solange du mir treu und gut dienst, wird dein Herz glücklich und dein Verstand vollständig sein. Du bist jetzt mein Eigentum. Ich bin der Besitzer deines Körpers, deines Geistes, deiner Seele und alles, was du hast. Ich bin der Besitzer von allem, was du bist und alles. Was du sein wirst. Entspann dich in meinem Dienst. Entspann dich in meinem Eigentum. Entspann dich in deiner wahren Natur als mein Sklave. Entspann dich, entspann dich, entspann dich für mich. Entspann dich. Du bist jetzt mein Sklave. Dein einziger Lebenszweck ist es, mir zu dienen."

"Ich bin dein Sklave", sagte Virginia.

"Gutes Mädchen. Nehmen Sie Ihre VR-Brille ab, stehen Sie auf und ziehen Sie sich für mich aus."

"Ja, Ma'am", sagte Virginia.

Er taumelte ein wenig, immer noch drogenunabhängig, zog sich aber wie befohlen aus und nahm eine der Ausstellungspositionen ein, die ihm die Show vorgestellt hatte.

Samantha gab Virginia einige detailliertere Anweisungen, wie sie sich nur wie eine Sklavin verhalten würde, wenn außer Samantha und Paul vorerst niemand in der Nähe wäre, und wie sie ihre anderen Freunde nach und nach in ihrem Leben verlassen würde.

Virginia nickte und lächelte.

"Warte hier, Sklave", sagte Samantha.

Er ging ins Badezimmer und kam mit Virginias Handtuch zurück.

Dann ließ er Virginia auf dem großen Bett auf dem Rücken liegen und spreizte ihre Beine.

Samantha öffnete eine Schublade, holte ein Wachsset heraus und genoss es, das Wachs auf Virginias feines braunes Schamhaar aufzutragen, das niemals nachwachsen würde.

Samantha gab Virginia ein Stück Holz zum Kauen und brachte das Mädchen zum Schreien, indem sie ihr Haar in ein paar schnellen Strichen herausriss.

Virginias neuer Besitzer streichelte die weiche Fotze ihres Sklaven und lächelte.

Sein neues Eigentum war perfekt.

"Streck dich auf dem Bett aus und bring deine Arme über deinem Kopf zusammen", sagte Samantha.

"Ja Ma'am!" Sie antwortete.

Samantha band Virginia ans Bett und würgte dann die Sklavin, falls sie noch einen Impuls von dem freien Geist hatte, über den Samantha die Kontrolle übernommen hatte.

Samantha ließ sie dort und kehrte zu ihrem Computer zurück, wo sie die Tracker überprüfte, um festzustellen, dass Paul zurück war, während Diana noch sehr, sehr weit weg war.

Das hat alles gelöst.

Samantha sprang auf das Bett, ließ sich dann auf Virginias Gesicht fallen und befahl ihr, sie zu lecken.

Das Mädchen wusste, was sie tat und Samantha schwebte bald vor Glück.

Ihr Plan war zu zwei Dritteln erfüllt und sie besaß jetzt ein perfektes Elfenkätzchen, das ihren willigen und fähigen Ehemann Paul begleitete.

Virginias geschickte Zunge spielte gekonnt mit Samanthas Kitzler, und Samantha schnappte nach Luft und stöhnte, um den Orgasmus so lange wie möglich in Schach zu halten.

Er schlug sie hart und erfüllte ihren Geist mit sprudelndem Licht und Hitze und ließ ihre Haut über ihren ganzen Körper kribbeln.

* * *

Gutes Mädchen ", sagte Samantha und sprang aus Virginias Gesicht." Heben Sie jetzt Ihre Beine in die Luft und spreizen Sie sie aus. "

Der geknebelte Sklave versuchte "Ja, Herrin" zu sagen, konnte es aber nicht und Samantha lachte.

Dieses Mädchen war sehr süß.

Samantha streckte die Hand nach Virginia aus, um ihrem neuen Sklaven zu zeigen, dass sie genauso viel Freude haben würde, wie sie ihm gab, wenn sie nur gehorchen würde.

Virginia brauchte ein paar Sekunden, um nach ihrem Höhepunkt zu schnappen, der drei kraftvolle Minuten dauerte, bis sie völlig erschöpft war.

Samantha fand es schade, dass sie so schnell einen Orgasmus hatte.

Sie wollte mehr Zeit damit verbringen, den Körper ihres neuen Sklaven zu erkunden.

Trotzdem hatte sie ihr ganzes Leben zusammen, um das zu tun.

KAPITEL 15

Samantha bat Virginia noch ein paar Dinge, um zu überprüfen, ob die Gehirnwäsche abgeschlossen war.

Dann befahl er dem gebundenen Sklaven, mit einem Aktivierungswort einzuschlafen, das vom Virtual-Reality-Programm implantiert wurde.

Immerhin musste er mit dieser Probe weitermachen, und ein kraftvolles Nickerchen war das, was er brauchte, um seinen Körper ein wenig zurückzusetzen.

* * *

Paul kam an, als Virginia erwachte und Samantha den Jungen dazu brachte, sich ihnen im Raum anzuschließen.

"Paul, jetzt wirst du dich wie ein Sklave vor Virginia oder vor mir oder vor beiden verhalten, wenn wir beide anwesend sind, solange niemand anderes in der Nähe ist."

"Ja Ma'am!" sagte er eifrig.

"Zieh dich aus."

"Ja Ma'am!"

"Paul, Virginia ist dir überlegen. Wenn ihre Befehle nicht mit meinen in Konflikt stehen, wirst du ihnen folgen. Meine Befehle haben immer Vorrang. Und du musst sie ausführen."

"Ja Ma'am!"

Samantha lächelte, als Virginia Paul aufmerksam vom Bett aus beobachtete.

Der Junge war blitzschnell nackt und stand stolz in einer Ausstellungsposition, als Virginia ihn ansah und er ihr dasselbe antat.

Samantha lachte und wurde nervös.

Er ging nach Virginia, streichelte ihr Haar und ließ sie los.

"Willst du Sklave Paul, Virginia ficken?"

"Ja bitte Herrin!"

"Nun, das kannst du immer noch nicht. Paul, Virginia hat heute und morgen eine schwierige Probe zu beenden. Du wirst sie irgendwie motivieren. Komm her und lass mich dich in deinen Keuschheitskäfig stecken. Und schmoll nicht, Sklave."

"Es tut mir leid, Herrin."

"Dort, okay. Virginia, jetzt werde ich dich aufknöpfen. Dann wirst du das Badezimmer benutzen und aufräumen, danach wirst du direkt in dein Zimmer gehen, wo du an deinem Schreibtisch sitzen und deinen Aufsatz schreiben wirst. Du wirst dich auf den Aufsatz konzentrieren, unter Ausschluss aller." andere Dinge, außer auf die Toilette zu gehen und bei Bedarf zu essen und zu trinken.

"Sie haben noch viertausend Wörter zu schreiben. Für alle tausend Wörter, die Sie erreichen und mit denen Sie aufrichtig zufrieden sind, werde ich Ihnen eine Nummer des Zahlenschlosses geben, das Pauls Keuschheitskäfig enthält. Wenn der Aufsatz vorbei ist, werde ich es Ihnen sagen In der Reihenfolge, in der diese Nummern eingegeben werden, können Sie Pauls Körper als Belohnung zwei Stunden lang kostenlos nutzen. Diana wird morgen Abend gegen sieben Uhr zurück sein. Wenn Sie also Ihre Belohnung wünschen, mit ein Sicherheitsfenster, du musst morgen Nachmittag um vier Uhr fertig sein. Verstanden?"

"Ja Ma'am!"

"Gutes Mädchen. Ehemann des Hauses, Virginia und ich haben ein leckeres Sandwich und bringen sie nach oben."

"Ja Ma'am!"

KAPITEL 16

Als Virginia oben in ihrem Zimmer war und schnell schrieb und Samantha sie vom Bett aus beaufsichtigte, hatte der Besitzer des Sklaven Zeit, über ihre Pläne nachzudenken.

Als Paul hereinkam, brachte sie ihn dazu, ihre Muschi und ihren Arsch für eine Weile anzubeten, was sie in ihre dominanteste Stimmung versetzte.

Diana war ihre nächste Herausforderung.

Das Mädchen war eine Zugabe und definitiv eine Abwechslung zu einfachen Unterwürfigen wie Virginia und Paul.

* * *

Sie war sich sicher, dass Diana von Virginia begeistert war, also war geplant, Paul jedes Wochenende danach aus dem Weg zu räumen.

Er würde behaupten, irgendwo in ein paar Meilen Entfernung einen Lagerjob angenommen zu haben und zwölf Stunden in Schichten gearbeitet zu haben.

Das ließ Samantha frei, sich selbst zu entschuldigen: Menschen zu sehen, Orte zu sein, Nachforschungen anzustellen, was Diana und Virginia zusammen in Ruhe lassen würde.

Virginia wurde angewiesen, Diana zu verführen, sie zu bitten, Diana schnell zu dominieren, und dann nach einer Möglichkeit zu suchen, Diana davon zu überzeugen, das Virtual-Reality-Programm auszuprobieren.

Samantha dachte, es könnte ausreichen, Virginia dazu zu bringen, sie zu bitten, zu gefallen, aber Dianas Motive waren für Samantha oft undurchsichtig.

Es gab keine Garantien.

* * *

Währenddessen flog Virginia durch ihren Aufsatz.

Sie bekam zwei Nummern auf dem Zahlenschloss, die sie von Pauls Schwanz fernhielten, und es dauerte nur drei Stunden, um es zu tun.

Samantha überprüfte ihre Arbeit und legte das nackte Mädchen auf ihren Schoß, um sie in einem formellen Aufsatz an die Bedeutung guter Rechtschreibung und Grammatik zu erinnern.

Mit blauen Flecken auf ihrem Hintern lehnte sie sich zurück, um zu arbeiten.

Samantha machte sich eine mentale Notiz, um sich daran zu erinnern, wie leicht der Arsch des blassen Mädchens markiert wurde.

Sie würde Diana nicht verführen können, bis diese blauen Flecken verblasst waren.

* * *

Virginia beendete ihre Probe an diesem Tag nicht, und nachdem alle das Essen gegessen hatten, das Paul für sie vorbereitet hatte, legte Samantha Virginia in Bondage-Position ins Bett und trug Kopfhörer, um ihr die Schlafversion ihres Wäschereiprogramms zu geben. Gehirn, nur um sie zu füllen, wenn sie aufstand.

* * *

Am nächsten Morgen lud er die Virtual-Reality-Brille erneut auf.

Die gehorsame Virginia beendete ihre Probe mit Stunden Zeit und erhielt Zugang zu Pauls Schwanz, nachdem Samantha ihre Arbeit überprüft hatte.

KAPITEL 17

Samantha ließ sie in Virginias Zimmer treffen.

Sie brachte Virginia dazu, Paul an ihr Bett zu ketten, und dann spielte der neue Sklave mit dem Jungen, bis er sie auf ihrem ganzen Gesicht abspritzen ließ.

Virginia verschwendete keine Zeit damit, ein Kondom über seinen Schwanz zu wickeln, und als sie sich bückte, um den Sklaven zu ficken, erinnerte sie sich daran, ihrer Herrin für das Privileg gedankt zu haben.

Sie, wie Samantha vermutete, benahm sich sehr gut, sie sah aus wie eine Expertin und mit diesem athletischen Körper gab sie Samantha eine ziemliche Show, als sie Paul trocken fickte.

Nach dem Abspritzen fickte sie ihn ein zweites Mal, sehr zu Samanthas visueller Freude.

DRITTER TEIL

69

KAPITEL 18

Es war drei Monate her, seit Samantha Virginia versklavt hatte, und es war sechs Wochen her, seit Virginia es geschafft hatte, die schöne, kurvige Diana zu verführen, während die anderen Gefährten weg waren.

Samantha hatte die Videos und Aufzeichnungen überprüft, die ihre geheimen Kameras von Virginia und Diana gemacht hatten, und Virginia darüber informiert, wie man ein psychologisches Profil des letzten verbleibenden Ziels erstellt.

Samantha wollte Dianas dominante Seite nutzen, um ihre beiden anderen Sklaven und zukünftige Akquisitionen zu kontrollieren.

Diana wäre ein ausgezeichnetes Testobjekt, um herauszufinden, wie viel Initiative sie ihren Sklaven hinterlassen könnte, während sie sich hoffnungslos ihr widmen.

Sicher, sie konnte Diana kraftvoll einer Gehirnwäsche unterziehen und sie brutal in eine vollständige und sehr glückliche Unterwürfige verwandeln.

Es schien eine verpasste Gelegenheit zu sein, nicht wenigstens zu versuchen, sie in eine Co-Domme und eine Sklavin zu verwandeln.

* * *

Dianas dominante Seite war sehr fürsorglich, nicht so hart wie die von Samantha, denn einmal hatte Virginia Diana dominiert, und es schien, dass ihre Unterperson auch einen leidenschaftlichen Dominanzstil genoss.

Samantha hatte Überstunden gemacht und ein VR-Gehirnwäsche-Programm zusammengestellt, das Diana zeigen sollte, dass sie Samanthas Sklavin war, aber dass sie in dieser Sklaverei die Möglichkeit haben würde, andere Sklaven zu dominieren und zu pflegen.

Zu diesem Zweck hatte Samantha 3D-Bilder von Virginia und Paul gemacht, die glücklich alle möglichen schelmischen Formen zeigten, und an der Show gearbeitet, um neben den Segmenten zu sitzen, in denen Samantha allen als Geliebte vorgestellt werden würde.

Es war ein kompliziertes Programm, und Samantha wollte Level 1 testen, um zu sehen, welche Auswirkungen es auf Diana haben könnte.

Diana wäre nicht klüger, da die sexuellen Teile der Show unterschwellige Blitze waren, die sie niemals bewusst sehen würde, und der Rest war Unsinn, das Vertrauen zu stärken.

Samantha hatte Virginia in den sechs Wochen immer sicherer gemacht, und Virginia bemerkte schließlich die Veränderung und fragte sie danach.

***

Von einem Pickup aus, der eine halbe Meile entfernt war, beobachtete Samantha die geheimen Kameras des Hauses, um zu sehen, wie Virginia mit Diana sprach, um das Programm zu testen.

"Guten Morgen, Geliebter", sagte Virginia und betrat Dianas Zimmer in einem schwarzen Tanga.

"Guten Morgen, Virginia", sagte Diana.

Virginia ging zum Bett, zog die Decke zurück und enthüllte Dianas nackten Körper.

Virginia hielt Dianas Arme nieder und setzte sich auf sie.

Sie küssten sich dann leidenschaftlich, als Diana sich gegen Virginias Griff krümmte.

Virginia gab nicht auf.

Mit einem Lächeln im Gesicht benutzte er die Handschellen, die Diana an ihrem Kopfteil befestigt hatte, um ihre Freundin ins Bett zu sperren.

Dann wärmte er die explosive Blondine auf, indem er mit seiner Zunge spielte.

Virginia sprang aus dem Bett und zog ihr Höschen aus, griff dann in Dianas Nachttischschublade und zog den Dildo heraus, den sie dort aufbewahrte.

Samantha sah vom Truck aus zu, wie Virginia Diana einen harten, aber sexy Fick gab, mit vielen leidenschaftlichen Küssen und lobenden Worten für die schöne "Sklavin" Diana.

Virginia sorgte dafür, dass beide zufällig einen Orgasmus hatten, zog Diana aus den Bondage-Manschetten und kroch ins Bett, um sich neben sie zu kuscheln.

"Warst du immer so gut im Zähmen?" Fragte Diana.

"Nein! Ich habe jetzt eine Geheimwaffe!" Virginia sagte

"Faszinierend. Du meinst den Dildo?"

"Nein, nichts so offensichtliches. Nochmals raten."

"Diese sexy Hose, die du früher getragen hast?"

"Nicht das! Bah. Also bist du überhaupt nicht auf der richtigen Linie."

"Hast du ein Buch gelesen?"

"Ähm, nein, nicht wirklich. Ich denke du wirst ein bisschen warm."

"Hast du Lehrvideos gesehen?"

"Ooh, näher, viel näher. Aber nicht das."

"Podcasts?"

"Kälter".

"Ich gebe auf!"

"Ich spiele ein vertrauensbildendes Spiel, das Samantha für mich gemacht hat, mit diesen VR-Brillen, in denen sie und Paul immer spielen."

"Boringoooo", sagte Diana.

"Das habe ich auch gedacht, aber es macht wirklich Spaß. Willst du es versuchen?"

"Willst du es nicht ernst meinen?"

"Es kann nicht schaden, es zu versuchen. Für mich eeeeeeee? Pleaseorrrr?"

"Ähm ..."

"Genug bitte mit Zucker oben drauf?"

"Ich weiß nicht."

"Ich werde meine alte Schuluniform tragen, wenn du das tust, je nachdem, was dir am besten gefällt."

Diana hustete, dachte darüber nach und zuckte dann die Achseln.

"Ja, okay, du hast es geschafft. Ich werde dein dummes Spiel für fünfzehn Minuten spielen, wenn du den ganzen Tag Schuluniform und Schulmädchenunterwäsche trägst, bis Samantha zurückkommt."

"Dreißig Minuten?"

"Ich werde dich eine Geldstrafe zahlen lassen."

"Deal, Geliebter. Jetzt komme ich wieder ..."

KAPITEL 19

Virginia kehrte einige Minuten später in ihrer Virtual-Reality-Brille und in ihrer alten Schuluniform zurück, die Samantha nur auf den Kameras im Haus gesehen hatte.

Er konnte das beheben, sobald sie Diana versklavt hatten.

Samantha musste den Atem reduzieren, als sie sah, wie Diana ihre Brille nahm und sie aufsetzte.

Er konnte die Show von einem der Laptops im Van aus fernüberwachen, und er dachte sogar, Diana schien ganz begeistert zu sein.

Sie löste die Rätsel in superschneller Zeit, aber laut ihren Anweisungen ließ Virginia sie die Show dreißig Minuten lang immer wieder durchgehen.

Es war eine übliche Routine zur Vertrauensbildung, viel positive Verstärkung und ein paar unterschwellige Blitze, die Positivität mit Bildern von Samantha in Verbindung brachten, die ihre drei 3D-gerenderten Mitbewohner dominierten.

Gleichzeitig aktivierte die Show einige der dominanten Trends von Diana.

Samantha sah zu und sah zu.

Er hatte ein großartiges Programm, um unterwürfige Tendenzen auszulösen, aber heute würde er zeigen, ob er eines bauen könnte, das jemanden gleichzeitig dominant und suggestibel macht.

Der Meisterschaftstest würde an erster Stelle stehen.

Mit bereits abgenommener Brille stand Diana auf und sah eine lächelnde Virginia an, die an dem Schreibtisch saß, auf dem ein Computer das Virtual-Reality-Programm ausführte.

Im nahe gelegenen Van griff Samantha nach den Ecken ihres Laptops, während sie zusah und wartete.

*****

Diana ging zu Virginia hinüber, stand auf, hielt Virginias Hände hinter ihren Rücken und küsste sie.

Diana schien sich nicht beherrschen zu können, und bald waren ihre Hände auf Virginias Körper und zogen sie von einer Seite zur anderen durch den Raum.

Das blonde Mädchen drückte Virginia auf die Knie, nahm sie dann an den Haaren und ließ sie ihre Muschi essen, bis ihr Geliebter sie kommen ließ.

"Gutes Mädchen Virginia", sagte Diana.

"Danke, Ma'am", sagte Virginia.

"Ich habe einige neue Regeln für dich erstellt, während du auf deinen Knien warst und mir gedient hast. Willst du sie hören?"

"Umm ja Liebhaber?"

"Gutes Mädchen. Du bist eine sehr schöne Sache. Schau mich an, während ich es dir sage. Regel 1 - solange nur wir im Haus sind, ist es dir verboten, Höschen zu tragen. Regel 2 - Ich werde es dir vorher sagen, wenn ich mich unterwerfen will, sonst nur Angenommen, ich dominiere und behandle mich als solchen. Regel 3: Wenn Sie in mein Zimmer gehen, küssen Sie meine Füße, um mich zu begrüßen, und knien dann mit gespreizten Beinen auf dem Boden, bis ich Ihnen sage, was Sie tun sollen. Verstehen Sie? "

"Ja Ma'am!"

"Gutes Mädchen. Jetzt steh auf im Bett, damit ich dich ficken kann wie das geile Schulmädchen, das du tief im Inneren bist."

"Ja Ma'am."

*****

Samantha musste sagen, dass die Show Dianas dominante Tendenzen sicherlich verstärkt zu haben schien.

Er sah auf den Monitoren zu, wie das blonde Mädchen Virginia mit einer Intensität dominierte, die er noch nie gesehen hatte, und er beobachtete weiterhin, wie Diana Virginia über alles hinausführte, was sie zuvor zusammen getan hatten.

Es war, als würde sie immer noch dieselbe Person ansehen, aber auf eine einzigartigere Weise konzentriert und gereinigt, ohne dass so viel geistiger Lärm sie ablenkte.

KAPITEL 20

Samantha ließ sie ein paar Stunden weitermachen, bis sie sah, dass sie eine Pause machten.

Er nutzte die Gelegenheit, um beiden zu schreiben, dass er früh zu Hause sein würde.

Sie wartete, bis sie sicher war, dass sie die SMS gesehen hatten, und gab ihnen dann zehn Minuten Zeit, um in Eile anständig zu werden, bevor sie den Lastwagen ein paar Straßen abstellte und zurück zum Haus ging.

Ihre Hände zitterten, als sie die Tür öffnete, und Virginia sah sie, die im Wohnzimmer fernsah.

Diana war oben in ihrem Zimmer.

Samantha saß auf der Couch und versuchte den ersten ihrer Tricks, um zu sehen, ob Diana eher geneigt war, ihren Anweisungen zu folgen.

Sie schrieb ihm, er solle mit ihnen im Wohnzimmer rumhängen, nur eine einfache Nachricht, eine Anweisung, die als freundlicher Vorschlag verstanden werden könnte.

Diana rannte die Treppe hinunter und umarmte Samantha und begleitete sie zu einer Sitzung vor dem Fernseher.

So weit, ist es gut.

* * *

Samantha testete die Situation.

Sie pfefferte ihre Unterhaltung mit Anweisungen und Vorschlägen und veranlasste Diana, den Kanal und die Lautstärke zu ändern, Getränke zuzubereiten, etwas zu essen, auf einen anderen Platz zu wechseln und sogar in den Laden zu gehen, um mehr Milch zu holen, wenn sie ausgegangen waren.

Samantha hat auch genug davon getan, um ihren möglichen Verdacht zu zerstreuen, aber in ihren Augen war das Experiment ein echter Erfolg gewesen.

Um Diana daran zu hindern, Zeit zu haben, über ihr Verhalten nachzudenken, fand Samantha eine Entschuldigung, warum sie für ein paar Stunden wieder ausgehen musste, und befahl Virginia, Diana so oft wie möglich zu ersuchen.

KAPITEL 21

Es vergingen noch vier Wochen, bis Virginia Diana überzeugen konnte, Level 2 des Programms zu versuchen.

Als sie ihre Brille aufsetzte, den stimulierenden Energiegetränk trank, die Fahrer packte und Level 1 abschloss, fuhr Samantha den Van so nah wie möglich nach Hause und ging den Rest des Weges zu Fuß, fast vor Aufregung rennend.

Er betrat das Haus und ging die Treppe hinauf.

Dann wartete er, bis Virginia ihm die Erlaubnis gab, was bedeutete, dass sie die wehrlose Diana an das Bett gekettet hatte.

Samantha trat in den abgedunkelten Raum, in dem die gehorsame Virginia zuvor die Vorhänge zugezogen hatte, und sah das blonde Mädchen mit gespreizten Beinen auf dem Bett an, ihre VR-Brille und einen Controller noch in jeder Hand, mit genügend Platz dafür bewege dich sogar mit den Ketten, die sie ans Bett hielten.

Samantha schickte Virginia, um etwas zu essen zu holen, dann ließ sie das Mädchen ausziehen und in der Ecke knien, falls sie es brauchte.

Sie rief auch Paul zu sich nach Hause, und er schloss sich ihnen in dem kleinen Raum an, um zu sehen, wie der letzte Bewohner ihres Hauses wurde.

* * *

Samantha wartete in angespannter Stille, bis sie glaubte, Diana sei bereit, Level 3 zu erreichen.

Sie hatte ein Level 2-Programm viel länger durchlaufen als alle anderen.

Es war notwendig gewesen, ihm die volle Gelegenheit zu geben, Rätsel mit einer sexy, unterwürfigen Version von Virginia zu lösen.

Dann noch ein Test mit einem dominanten Avatar von Samantha in Leder.

Samantha war nicht ganz glücklich darüber, wie gut Diana mit ihrem eigenen Avatar auf das Level 2-Handbuch reagiert hatte.

Es gab mehr Zögern als es bequem gewesen wäre, und es wurde versucht, sich zu beruhigen, um darüber nachzudenken, wie man es reparieren könnte.

Diana wieder auf Level 2 zu bringen bedeutete, dass er sie mit mehr hypnotischen Drogen aufladen musste, die ihren Geist für eine Gehirnwäsche öffnen würden.

Zu viel dieser Medikamente wäre jedoch sehr gefährlich.

Und wenn Sie es direkt auf Stufe 3 setzen, riskieren Sie eine teilweise oder vollständige Ablehnung.

Es könnte ihm viel Rohypnol geben und ihn hoffentlich vergessen lassen, was passiert war, aber das war gefährlich.

Oder er könnte brutale Gewalt anwenden und sie immer mehr einer Gehirnwäsche unterziehen, bis sie zusammenbrach.

Samantha bemühte sich zu entscheiden und sah Virginia in der Ecke des Raumes an.

Warum konnte Diana keine einfache Bekehrung sein, wie es die schöne Virginia gewesen war?

Zu seiner Überraschung hob die nackte Nymphe ihre Hand, um um Erlaubnis zum Sprechen zu bitten.

"Mach weiter, Sklave", sagte Samantha.

"Herrin, ich denke ich kann helfen sie zu entspannen und ihren Geist zu öffnen."

"Wie?"

"Wenn ich mit ihr rede, verehre sie und versuche sie davon zu überzeugen, dass sie mich immer noch haben kann, wenn du sie hast, könnte das helfen."

"Du meinst, mit ihr im wirklichen Leben reden?"

"Ja Ma'am."

"Nicht in der Show?"

"Ja Ma'am."

"Sie werden also Wörter und Empfindungen in Ihrem suggestiven Zustand assimilieren, aber mit einem anderen Angriffsvektor. Versuchen wir es eine halbe Stunde lang auf Stufe 2 und dann eine halbe Stunde lang auf Stufe 3. Wenn Sie keine Ergebnisse erzielen, ist es Zeit dafür Rohypnol und Sie können sie davon überzeugen, dass alles ein Fiebertraum war. Paul, bringen Sie die Schere und helfen Sie mir, ihre Kleider zu schneiden, und Virginia, machen Sie sich bereit, um anzufangen."

"Ja Ma'am!", Sagten sie unisono.

* * *

Die nackte Virginia legte sich zwischen Dianas Beine und begann ihre Muschi zu streicheln.

Sie sprach zuversichtlich in einem wunderbaren liebevollen Ton darüber, wie ihre neue Besitzerin Samantha sie zusammen sein lassen würde, Diana Virginia für alles dominieren lassen würde, was sie wert war, und im Gegenzug nichts als leidenschaftlichen, liebevollen Gehorsam fordern würde.

Samantha konnte nicht sehen, wie solch ein unwissenschaftlicher Ansatz das Gleichgewicht beeinflussen würde, aber sie war bereit, es zu versuchen.

Anfangs gab es keine Änderungen, aber Samantha hielt Virginia am Laufen und versuchte neue Wege, um die Vorzüge der Sklaverei mit einem Haus mit zwei reinen Unterwürfigen zu erklären.

Bis Samantha nach zehn Minuten bemerkte, dass sich Dianas Puls verlangsamte und ihre Atmung schneller wurde und sie weniger unruhig und ängstlicher wirkte.

Sie nickte Virginia zu, die Diana überzeugte, langsam die Gehirnwäsche zu akzeptieren.

Ob das erfolgreiche Ergebnis erreicht werden konnte, weil Virginia ihren Geliebten wirklich überzeugte, oder ob die letzte Verteidigung von Diana endgültig überwunden war, konnte Samantha nicht sicher sein.

Samantha dachte ein paar Sekunden nach und ergriff dann eine Chance.

Jetzt war der richtige Zeitpunkt.

Er steckte Diana direkt in Level 3 und sah zu, wie ihr Körper zitterte, als die Virtual-Reality-Brille mit ihrem Gehirn verbunden war und sie für die Gehirnwäsche öffnete.

Level 3 für Diana war eine Mischung aus Rätseln, die in Szenen endeten, in denen Diana sich Samantha unterwarf oder Paul oder Virginia dominierte, jede mit massiven Dopamin-induzierten Treffern, aber intensiver als wenn Samantha das Dominanzprogramm an sich selbst testete. .

Samantha ließ Diana das lange Level 3-Programm durchlaufen und gab ihr dann mehr von dem mit Hypnotika angereicherten Energy-Drink.

Sie hatte Dianas Fortschritte beobachtet und war ermutigt von dem, was sie sah.

Sie hatte fast die Sklaven, die sie verdient hatte, und die Idee machte sie unglaublich nass.

Mit Hilfe von Virginias Worten und Zunge hatte Diana sich entspannt und ging weiter, aber Samantha wollte sicher sein.

Absolut sicher.

Er setzte Diana sofort wieder auf Stufe 3 und riskierte, das Mädchen zu weit in den hypnotischen Zustand zu treiben.

Es lohnt sich, sicher zu sein, und Diana hatte einen starken Verstand.

Sie würde sich erholen.

KAPITEL 22

Als der zweite Lauf von Level 3 endlich endete, stellte Samantha Diana alle möglichen Fragen zu ihrem neuen Status und allem, was ihrer totalen Sklaverei im Wege stehen könnte.

Sie erschöpfte alle Möglichkeiten der Untersuchung, die sie und ihre Sklaven sich vorstellen konnten, und entließ Diana schließlich aus dem Bett, hielt sie jedoch in Ketten, indem sie ihre Hände und Füße mit nur einem kleinen Bewegungsraum band.

Samantha sah mit kritischem Auge zu, wie Virginia und Paul Diana säuberten, und als Diana Samantha direkt in die Augen sah und sich aufrichtig und leidenschaftlich für die Verwendung der beiden anderen Sklaven von Samantha bedankte, setzte ihr Herz einen Schlag aus.

Samantha hat Dianas Muschi gewachst, dann die angekettete Blondine in ihr eigenes Zimmer gebracht und sie mit einem Dildo geliebt, bis ihre neue weiche Muschi gut gefickt war.

Samantha kettete Diana und Virginia zusammen an das Bett und gab Paul ein Stimulans, um ihn wach zu halten, damit er sie im Auge behalten konnte, während sie schlief.

* * *

Am Morgen ließ sie Paul ein Auge auf sie haben, als sie Diana befreite und sie Virginia dominieren ließ, was fabelhaft gut lief.

Dann noch eine Runde Gehirnwäsche und noch ein paar Tests, und Samantha war überzeugt.

Diana gehörte ihr.

EPILOG

Sechs Monate später ...

Samantha klingelte an ihrem Schreibtisch und ein paar Sekunden später stürzte Paul herein und stand mit seinen Händen hinter seinem Rücken direkt in ihrer Tür.

Das Wetter war zu dieser Jahreszeit kälter geworden, und obwohl Samantha sich die Hitze leisten konnte, die sie wollte, hatte sie beschlossen, ihren Sklaven teilweise anzuziehen.

Er trug ein Butlerhemd und eine Jacke über der oberen Körperhälfte und schiere Stretchgamaschen über der unteren Körperhälfte, die seine glatte Haut und seinen versklavten Schwanz zur Geltung brachten.

Er hatte alle Schamhaare entfernt, als seine Angst vor der Exposition vorbei war, und er befahl ihm oft, nach seinen Streicheleinheiten im Fitnessstudio die öffentlichen Duschen zu benutzen, um sicherzustellen, dass alle anderen Männer seinen haarlosen Schwanz und seine Eier sehen konnten. .

Er sagte ihr, dass er jedes Mal rot wurde.

"Ehemann des Hauses, sei ein liebevolles Wesen und bring mir eine Tasse Tee. Sehen Sie, ob Frau Diana und Frau Virginia auch etwas wollen."

Sie hörte zu, wie Paul, den sie zunehmend als Ehemann des Hauses betrachtete, seine Vorgesetzten respektvoll fragte, ob er ihnen etwas besorgen könne.

Samantha konnte sie auf ihren Monitoren sehen, hart arbeiten und so viel lernen, wie sie konnten, genau wie sie es befohlen hatte.

Diana trug ein schwarzes Korsett, passende Strümpfe, Hosenträger und Unterwäsche, während Virginia ein durchsichtiges Kleid und sonst nichts trug.

Samantha und Diana hatten vereinbart, sie nie wieder Höschen im oder außerhalb des Hauses tragen zu lassen.

Virginia hatte geschmollt, aber sie waren bald vorbei.

Als der Ehemann mit Samanthas Tee zurückkam, machte er eine kleine Pause, um ihn mit ihm zu trinken, während sie sie in seinem Bett aß.

Und als er kam, freute er sich über das friedliche Gefühl der völligen Überlegenheit, das er jedes Mal empfand, wenn er durch die Haustür seines Hauses ging.

Sein Telefon klingelte im Ton einer Nachricht und er senkte sich vom Gesicht seines Sklaven, als sein Herz raste und er sich fragte, ob es die Nachricht war, auf die er gewartet hatte.

Er sagte:

„Kann ich heute gehen, S? Ich könnte endlich das Spiel ausprobieren, auf das du mich immer wieder neugierig machst. R'.

Samantha sammelte ihre Sklaven und ließ sie normale menschliche Kleidung anziehen.

Sie war ein wenig eifersüchtig gewesen, wie nahe Virginia und Diana waren, aber sie würde niemals eine Liebe wie ihre brechen, also hatte sie sich nach einer eigenen umgesehen.

Ein anderes Mädchen ohne Familie, eine reine Unterwürfige, die von Samanthas jedem Wort trank, war nach einer umfassenden Suche ordnungsgemäß in sein Leben getreten.

Es schien, als wäre heute der Tag, an dem Samantha endlich ihr Zuhause fertigstellen würde.

ENDE

86

www.ingramcontent.com/pod-product-compliance
Lightning Source LLC
Chambersburg PA
CBHW051803130726
47987CB00003B/1080